『ダーバヴィル家のテス』とヤヌスの神話

双極のドラマトゥルギーの謎を解く

安達秀夫

22世紀アート

「この男はな、とりわけアナグラムの名人だ。マリーもひとつやってもらうといい」
とシャルルは言った。
あら、マリー・トゥーシェなんてつまらない名前からどんな素敵な言葉出てくるかしら、楽しみだわと言って紙に名前を書いて渡した。
アンリは「これは簡単だ」と言って、胴衣のポケットから書字板《タブレット》を取り出すと、次のように書いた。

Marie Touchet,《マリー・トゥーシェ》
Je charme tout.《ジュ・シャルム・トゥ》（わたしはすべてを魅了する。）

「iをjと読み替えるのは習慣でよくやることですが、Marieについてもそうすれば、こうなります。」
「これは素晴らしい！」とシャルルが叫んだ。

アレクサンドル・ドュマ・ペール（父）『王妃マルゴ』第三六章

一《ひとつ》、秘する花を知る事。秘すれば花なり、秘せずば花なるべからず、となり。

観阿彌／世阿彌『風姿花傳』第七　別紙口傳

ヤヌス（ラテン語　Ianus、英語 Janus[1]）

（1）古代ローマの門を司る神。正反対の方向を向いた二つの顔を持ち、門の内と外を同時に見張る。門のみならず扉、入口、窓、敷居、アーチ、柱と柱の間など、あらゆる出入口や通路の前後を見張る。通常は東西を向いた双面の図像で表されるが、時には四方を見張る四つの顔を持つこともある。

（2）二面性、二重性を表し、〈双子座〉の神話と重なる。

（3）過去と未来、光と闇、善と悪、男と女、老人と若者、天使と悪魔、その他あらゆる二つの対立物を表す。

（4）対立物の統合・合一から、全体性を表す。

（5）全体を支配したがる欲望を表す。

（6）原初の光の神ディアヌス（Dianus[*DI*=bright]）はラテン人にはヤヌスとなり、ギリシア人にはザン（Zan）すなわちゼウスとなった。また太陽神として一日の始まりに天の扉を開いて光を入れ、夕暮れには閉じて一日を終える。

（7）物事の〈始まり〉と〈終わり〉を表し、〈往く年〉と〈来る年〉のあいだに立って過去と未来を見張り、歴史を象徴し、暦では一月を司る（January は Janus にちなむ）。

（8）あらゆる変化・周期の神で、「死の扉」の神でもあり、「復活」に導く。

（9）戦争に関係し、ヤヌスを祀《まつ》る神殿は、平時はその門を閉ざし、戦時は開いて帰還する兵士を迎え入れていた。

（10）樫（oak）に関連し、樫は「転回点」（turning point）、「世界軸」（world axis）、「扉」などを表す。

『ダーバヴィル家のテス』梗概――未読の方々のために

一九世紀後半のイングランド南部の小村マーロットで、ある日、貧しい行商人ジョン・ダービフィールドが、好古家の老牧師から、自分がかつてフランスから渡来して広大な領地を持っていた騎士サー・ペイガン・ダーバヴィルの直系の子孫であることを知らされる。すっかり気を良くして飲み過ぎて、仕事があるのに動くに動けず、代わりに長女テスが荷馬車を御するものの、不慣れな上に暗い夜道で事故を起こし、一家の大切な生計の手段たる馬を死なせてしまう。責任を感じたテスが、裕福な親戚と思われた同じダーバヴィルを名乗る一家に奉公に出ることになり、悲劇が起こる。こちらの「ダーバヴィル」は成金の父親が、かつて金貸しもしていたらしい少々不名誉な経歴を隠すために、大英博物館で没落した貴族の名前を見つけて勝手にそれを名乗っているだけの偽物で、テスとは血のつながりのない一族だが、その家の跡取り息子のアレックがテスの美貌に魅せられて、執拗に追い回した挙げ句に強引に関係を持って、その後愛人として囲う。しかしテスはアレックを愛せず、実家に逃げ帰るものの、すでにアレックの子を宿していて、出産後間もなく死ぬその子に「ソロー」(Sorrow／「悲しみ」の意)と名づけて埋葬する。

その後テスは立ち直り、生まれ変わったように新たな一歩を踏み出し、ある酪農場で乳搾りとして働くことになり、そこで農業の勉強に来ていた牧師の息子エンジェル・クレアと出会う。二人は愛を育み、結婚することになるが、その前にアレックとの過去を伝えねばならぬと思いつつも、なかなかその機会を得ず、結婚前日に手紙を書いて部屋のドアの下から差し入れるも、敷物の下に入って彼に届くことはない。かくして結婚初夜を迎え、クレアの方から、自分の一度だけの過去の女性体験を告白してテスの許しを乞い、それを得て、ならばとテスも告白すると、一見進歩的と見えながら実は保守的な女性観・貞操観を持つ彼は、それとこれとは別とのことで、テスを許そうとはしない。離婚はしないが、前からの懸案で、ブラジルに農業研修に行くのでしばらく別々に暮らすことになり、テスはひとり残される。

当分は暮らせる生活費は残してゆくが、帰還が長引けばそれも底を突き、テスは季節労働者として過酷な重労働に従う。またテスの父親が死んで借地の家は追い出され、母親以下家族六人が路頭に迷っていると、アレックが現れて援助を申し出て、もはや拒むことは出来ず、ふたたび愛人となって「青鷺荘《ザ・ヘロンズ》」という海浜の瀟洒な宿で暮らす。他方クレアもブラジルで熱病に罹るなどして辛酸を嘗めたり、自分の冷酷な仕打ちや、テスの様々な美点を思い出しては反省し、病み窶《やつ》れた哀れな姿で帰国して、テスを探し求めてあちこち尋ね歩いて「青鷺荘」にたどり着く。クレアは詫び、許しを乞うも「遅すぎた」と言われ、悄然と立ち去る。クレアとアレックは、双面神ヤヌスのように決して顔を合わせることはないが、クレアが去った直後、テスはアレックを肉切り用のナイフで刺殺し、クレアを追い、二人で逃避行を始める。たまたま見つけた空いている賃貸用の屋敷を見つけ、しばし幸福に満ちた「愛の暮らし」をするも、露見してふたたび逃避行を続け、最後に古代ブリトン人の祭祀遺跡ストーンヘンジにやってきて、かつて生贄の儀式が執り行われていたらしい祭壇石に横たわっていたとき、警官に逮捕され、その後処刑される。あたかも男性優越主義の犠牲に供された生贄のように。結びに作者は古代ギリシアの悲劇詩人アイスキュロスの『縛られたプロメテウス』から、「〈神々の司〉はテスに対する戯れ（sport）を終えた」と謎めいた言葉を残して物語を終える。

目次

凡例

1 『テス』のテクストには、巻末の引用文献一覧に記したノートン版第3版を使っており、引用に際してはそこからのページ数を、引用文の後のカッコ内にアラビア数字で示した。なお数字の後の「ページ」もしくは「頁」は省略している。

2 ウェルギリウス『アエネイス』、ミルトン『失楽園』など、複数巻からなる詩から引用する場合は、「巻」と「行」をコロン（:）で分け、ページ数との混乱を避けるために後に「行」と記した。聖書の「章」と「節」、シェイクスピアの戯曲の「幕」と「場」もコロンで分けた。

序章　コードとしての
ローマ建国伝説とヤヌスの神話

（1）『テス』と西欧文化史

トマス・ハーディの『ダーバヴィル家のテス』（1891、以下『テス』と略記）には、一読して明かなように、神話や文学を中心とした西欧の文化史への言及がたびたび出てくる。特にギリシア・ローマ神話、聖書への言及は少なくなく、他にシェイクスピア、ミルトンなどの詩、数は少ないがジオットやクリヴェッリといった絵画、ラングドンの音楽、また史上名高い人物や事件や、イギリスの民間伝承への言及もしくはそこからの引用が、あちこちにある。それらは登場人物の心理や行動や、事態のなりゆきやもろもろの状況を比喩的に表すためのものが多く、その場かぎりのものもあれば、作品の主題や構造に関わるものもあり、またその引用の的確さになるほどと思わせられることもあれば、時には作者あるいは語り手の衒学趣味《ペダントリー》が鼻について辟易させられることもないではない。しかしそれはまた語り手が、素材としてのテスの物語《ストーリー》を、より効果的かつ巧みに、あるいは（作者みずから本の内表紙に書いているように）「忠実に[1]」語ろうとする際の、そのひそかな計画《プロット》のうちであるだろうし、あるいはまたそうした手の内を隠そうとする見せかけ《プリテクスト》の現れでもあるかもしれない。いずれせよ、作者の考えた筋書き《プロット》にしたがって広範な西欧文化史への言及を数多く織り込みながら語られている『テス』のテクストが、そこから読者がさまざまな前《プリ》テクストを読みとり、隠された文化的なコードを引き出して、この一見いかにも古めかしい〈女の一生もの〉を新たな相において捉え直し、新たな意味を見いだすことを可能にするような、数多くのきっかけを提供してくれていることは確かである。

たとえばそのミルトンへの言及は、語り手がその詩人の名に触れていたり（93）、また「野良着」を着て農夫に「変装」したアレックがテスに近づいて『失楽園』の一節をそらんじてみせるところに見られるのだが（２７４―７５）、その引用箇所は、「眠っている……蛇」（９：１８２行）の中に入り込んで蛇に変装したサタンがイヴに近づいて誘惑するところであるから（９：６２５行以下）、その〈変装〉と〈引用〉は、まずはアレックの、数年ぶりに再会したテスをふたたび「誘惑」しようとする狙いを浮き彫りにする。

しかしそのミルトンへの言及が示すのは、そうした登場人物の心理のありようだけにとどまらず、『テス』のプロット全体にも関わっている。たとえば、エデンの園をしのばせるタルボットヘイズの酪農場で、テスとエンジェル・クレアは「アダムとイヴのように」（１０２）愛し合い、〈御狩場〉の場面では、蛇のように「這うように」（52）現れたアレックの誘惑に落ちてテスは純潔《イノセンス》を失い、最後はテスの〈身代わり〉として妹ライザ゠ルーとクレアが「手をつないで」（３１４）立ち去って行くのだが、その最後の場面は『失楽園』の最後でアダムとイヴが「手に手をとって」楽園を去って行く姿と重なり合っている。

より細かな点を挙げれば、アレックが初めてテスに会ったとき、さっそく誘惑しようと口元に「イチゴ」を突きつけると、テスは初めは嫌がりながらも結局は食べる場面があるが（29）、それは『失楽園』（5：82―86行）の、サタンがイヴの夢の中に現れて知恵の木の実をイヴの口元に突きつけると、イヴは躊躇しながらも結局は食べて、その後の〈堕罪〉を予表していた場面を彷彿とさせるし、またテスの口元に突きつけられたのが〈リンゴ〉ではなく〈イチゴ〉であった点は、同じく楽園喪失を主題として「イチゴ絵」とかつて呼ばれていたヒエロニムス・ボスの三幅祭壇画《トリプティック》『悦楽園』の中央画面で、裸でたわむれるおびただしい男女のそばに〈誘惑〉や〈快楽〉などを象徴するいくつもの巨大なイチゴが描かれていたのを想起させる[2]。またテスがアレックの誘惑に落ちたとき、そばに「家ウサギや野ウサギ」がいたというくだりがあるが（57）、それもまたボスの『悦楽園』の左翼画面のエデンの園で、〈多産〉や〈好色〉などを象徴して〈堕罪〉の場面によく描かれるウサギが二匹、イヴの足下で後ろ向きに描かれて、今はその時ではないがいずれ堕落することを暗示していたのを想起させる。――こうしたことはすべて、『テス』の背景には無垢《イノセンス》の喪失による〈楽園喪失神話〉が前《プリ》テクストとして存在していることを示しているし、またこのコードに従ってもっと詳細に見ていけばさらに多くのことが明らかになるにちがいない[3]。

この「創世記」にもとづく〈楽園喪失神話〉のコードはさらに、後で述べるように二人のヨハネによる「福音書」と「黙示録」に見られるイエスの〈復活〉にテスの〈復活〉がなぞらえられているところにまでつながっているのであり、さらにその〈復活〉は、ミルトンの『失楽園』の続編の『復楽園』による〈楽園回復神話〉を背景に〈救済〉のイメージで彩るところにまでつながっているのだが、この聖書によるコードと並んで、というよりそれ以上に考えなければならないのが、『テス』の全体を規定していると言ってもいい、ウェルギリウスの『アエネイス』を中心とした〈ローマ建国伝説〉とでも呼ぶべきコードなのである。

（2）『縛られたプロメテウス』から『アエネイス』、『ルークリースの凌辱』へ

この『テス』の全体を規定しているコードとしての〈ローマ建国伝説〉の発端は、『テス』の最後の、よく知られたアイスキュロスへの言及から読みとることができる。

「正義」が行われ、そして（[4]アイスキュロス的な句《フレーズ》で言えば）〈神々の司〉はテスに対する戯れを終えた。（314）

この「神々の司」(President of the Immortals) の句《フレーズ》は、アイスキュロスの『縛られたプロメテウス』第169行に典拠があり、オリュンポスの最高神ゼウスを指すもの言われていて[5]、典拠に関してはそのとおりなのだろうが、では『テス』におけるこの句の持つ意味はとなると、問題はそう単純ではなくなってくる。まずこの「『正義』が行われた(〝Justice〟 was done)」とは、第一義的には、テスがアレックを刺殺したために殺人罪で処刑された法律上の「正義」を、プロメテウスが天上の火を盗んで人間に与えたり、ゼウスから〈神々の司〉の地位を奪うことになるある「秘密」(173行)を明かそうとしないのに腹を立てて、「権力《クラトス》」と「暴力《ビア》」という擬人化された神を送って処罰したゼウスの「正義」になぞらえているのだが、この直接手を下した両神の名前と性質はまた、テスの処刑は法律にもとづく社会的な「権力」と「暴力」の行使であり、その悲劇は社会環境に原因があるとする自然主義的な作品としての『テス』の一つの側面を強調する役割を果たしてもいる。

むろんそのこと以前に、テスの、あたかもゼウスの「戯れ」(sport) に翻弄されたかのような、転変きわまりない過酷な運命を甘受し、毅然と受苦しつづける姿は、縛られたプロメテウスの前に現れる少女イオの、まさしく好色なゼウスの「戯れ」に翻弄されて牝牛に変身させられ、虻《あぶ》に追われながら漂白の旅をつづける姿と重なり合っているし、またプロメテウスの、縄目の恥辱に耐え、毎日のように大鷲に内臓を食いちぎられながらも神ゆえに死ぬこともできずに苦悶しつづけ、横暴なゼウスの「不正」(最終行）を非難しながら最後まで屈することなく地獄のタルタロスの淵に沈んでいった姿とも重なり合っていることは、あらためていうまでもないが。

さらにいえば、アイスキュロスではプロメテウスがタルタロスに落ちてゆくところで悲劇は終わっているが、伝承[6]によればその後プロメテウスは、すでにその悲劇でも予言されていたように（１０２０―２９行）、ヘラクレスが、不治の怪我のために死を願うケンタウロス族のケイロンを「身代わり」に差し出したために、またプロメテウスが先のゼウスの〈神々の司〉の地位に関わる「秘密」を明かしたために、縛しめを解かれて「救済[7]」されているので、この点についても、『テス』の最後に妹ライザ＝ルーが〈身代わり〉として登場するところと重なり合っている。（したがってここにテスの〈救済〉を読みとることもできるわけだし（後述）、またこの〈身代わり〉を先の〈楽園喪失神話〉のコンテクストにおいてみれば、ライザ＝ルーとクレアには、その後のアダムとイヴのように、エデンの東における労苦に満ちた暮らしが待ち受けていることになる。）

しかしこのアイスキュロスの〈神々の司〉への言及が意味しているのは、こうしたことだけではない。この縛られたプロメテウスの神話が、のちのローマ建国伝説の発端となっているように、テスの悲劇のプロットも実はここから始まっていると言っていいのであり、その点も重なり合っているのである。それというのも、この〈神々の司〉への言及からあらためてテスの生涯を振り返ってみると、その背景には、ゼウスによるプロメテウス捕縛の神話に端を発し、トロイアの敗戦から逃れたアエネアスのイタリア定着とローマ建国を経て、ローマに共和制が始まるきっかけとなったルクレティアの凌辱事件あたりまでつづく、一連の古代ローマの建国伝説が浮かび上がってくるからである。

　先にも触れたとおりアイスキュロスによれば、プロメテウスが〈神々の司〉に罰せられて縛られたのは、天上の火を盗んで人間に与えたためと、もうひとつ、「前《プロ》から考える者」（85行）であるプロメテウスは（彼は「後《エピ》」から考える弟エピメテウスと対になっている）、放っておけば将来ゼウスと交わってその〈神々の司〉の地位を奪う息子を生むことになる女の名前を、前から知っていながら教えなかったためでもあった。その後その女が、かねて妻にしたいと望んでいた女神テティスであることを知ったゼウスは、かつて自分が父クロノスからその地位を奪ったこともあり、同じ羽目におちいらないようにテティスを別の男と結婚させることにしたところ、その結婚式の最中に、神々の中でただ一人その性質の故に嫌われて式に招待されなかった〈争いの女神〉エリスが、その腹いせから式場に投げ込んだ「最も美しい女神へ」と書かれた〈黄金のリンゴ〉をめぐってアプロディテとヘラとアテナの三女神が争い、その判定をゼウスに託されたトロイアの王子パリスが、その〈パリスの審判〉でアプロディテを勝利者とし、褒美にアプロディテの助力を得て人妻ヘレネを略奪し、それが原因でギリシアとの間にトロイア戦争が始まり、そのトロイア陥落のさなか脱出したアエネアスが苦難の末イタリアにたどり着き、そこに

〈新トロイア〉としてのちのローマを建国するのは、神話や伝承や物語などで西欧ではよく知られた話である。

その物語を描いたウェルギリウスの『アエネイス』によれば、ウェヌス／アプロディテの息子アエネアスはイタリアに着いて間もなく、クマエの巫女シビュラに導かれ、〈黄金の枝〉として樫に生えた宿生木《やどりぎ》の枝をたずさえて地下の冥界へ降り、亡父アンキセスの霊に会って、のちのカエサルからアウグストゥス帝に至るまでの自分の子孫によるローマの運命のヴィジョンを示されるが、このプロメテウスの捕縛にはじまる一連のローマの運命が実はテスの運命と重なり合っているのであり、その意味で『テス』の最後の『縛られたプロメテウス』への言及は、ここは本来ならエピローグの位置であるにもかかわらず、ここからあらためてテスの物語を捉え直すように求めてもいて、その点ではプロローグになってもいるのである。

またこのように捉え直すことによって、たとえば「第1局面」でテスが初めて登場するときの、古代ローマの穀物神／豊穣神ケレスにちなむ「ケレアリアの祭」の「溝の練り歩き《クラブ・ウォーキング》」（6）をしている姿が新たな意味を帯びてくるのであり、また「第2局面」で語り手がさりげなくシェイクスピアの『ルークリースの凌辱』の一節を引用していたり[8]、最後の「第7局面」ではこれまたさりげなく、しかしはっきりとその名を出してテスを「ルクレティア」（ルークリースはその英語名）にたとえているのも（291）、そう簡単に見落とすことはできなくなるのである。

このローマ統治時代にイギリスに伝えられたケレアリアの祭は、ケレスが、地下の冥界を司る神プルトに略奪された娘プロセルピナを冥界から連れ戻す神話に由来するもので、これは象徴的にはケレス（Ceres）にちなむ穀物（cereal）の種を地中に埋め、のちに収穫を得ることを、さらには死と再生を表すものであり[9]、その点でこれは、今も触れたウェルギリウスの『アエネイス』第6巻の、〈黄金の枝〉をたずさえたアエネアスの冥界往還の旅路に見られる死と再生の神話とも重なり合っている。そして後でくわしく見るように、このケレアリアの祭の練り歩きから始まるテスの人生の旅路が、プロセルピナとアエネアスの旅路と重なりつつ、一種の死の世界との往還であることを、あるいは死と再生もしくは復活の物語であることを予表することにもなる。またこのアエネアスの旅は、つとに指摘されているように、ウェルギリウスが範としたホメロスの『オデュッセイア』とも重なり（第11巻でオデュッセウスも冥界往還をしている）、またそのウェルギリウスに先導されて地獄から煉獄を、その後はベアトリーチェに導かれて天国まで巡ったダンテの『神曲』とも重なっている。これもまた後で触れるようにテスは、タルボットヘイズという〈天国〉からフリントコム－アッシュという〈地獄〉を巡るのであり、この旅路も重なり合うのである（巡る順序が『神曲《ラ・ディヴィナ・コメディア》』と逆なのは、一方が喜劇で他方が悲劇であるためだろう）。

またこうしてみれば、テスが最初の「第1局面」でアレックにレイプ[10]され、最後の「第7局面」でアレックをナイフで刺殺しているのは、ローマ国王の息子タルクィニウスによるルクレティアのレイプとその後の復讐と重なり合うだろう。ルクレティアはレイプされたあと、ようやく戦地から帰ってきた夫たちに復讐を誓わせたのち、ナイフでみずからの胸を刺して果てると、そのナイフは死体から抜きとられて王制そのものに向けられ、当の息子も王制も死に絶えてローマに共和制が始まるのであり、また（その物語をテクスト化したシェイクスピアによれば）ルクレティアが自殺する直前に夫に訴えた、体は犯されても心は犯されておらず「清浄」（pure）であるというのは（『ルークリースの凌辱』１６５８行）、そのままテスが夫クレアに訴えるものであり、さらには作者ハーディが『テス』のサブ・タイトルに「清純な女性」（A Pure Woman）と書き加えて読者に伝えようとしたものにも通じている。またルクレティアが、夫が地中海の内海ティレニア海に近い戦地のアルデア（この地名は「青鷺」（heron）の意[11]）からようやく帰還したときに言った「遅すぎた」（１６８６行）という台詞は、テスが再度アレックの愛人となって「イギリス海峡に面した地中海風の遊楽地」にある「青鷺荘」（The Herons）（２９６―９７）という名の瀟洒な下宿屋で暮らしているときに、ようやくブラジルから帰国してきた夫クレアに言った「遅すぎた[12]」（２９８）とまったく同じであるから、テスがルクレティアになぞらえられているのはそのあたりからも読みとれるのである。

またそうしてみれば、タルクィニウスがルクレティアを襲って欲望を満たしたあと、にわかに後悔の念におそわれて「改宗者」(convertite)(743行)になったというのも、やはりアレックがテスに同様のことをしたあと突然「改宗」して「第6局面」の表題が「改宗者」(The Convert)になっているところと重なり合うだろうし、またテスが「私たちの魂(souls)は生きているうちでも体から抜け出せるのです」(94)と言って肉体と魂を分離させているのも、ルクレティアの、犯されて汚された肉体をみずからの手で葬り去って「翼のある霊」(winged spirite)(1728行)となって昇天したというシェイクスピアの記述と響き合っていよう。ルクレティアはまた、夫の帰還を待つあいだにトロイア(トロイ)の敗戦を描いた壁掛けの絵を見ながら、うかつにも敵の木馬を引き入れて滅亡したトロイアと、やはりうかつにもタルクィニウス(タークィン)をもてなして破滅した自分とを重ね合わせて、「私はタークィンをもてなした――そして、私のトロイは滅びた」(1547行)と言っているが、このようにシェイクスピアが一人の人間の運命を一国の運命にたとえている点も、テスの運命をローマのそれになぞらえるハーディのプロットと響き合うのである。

（3）『金枝篇』とヤヌスの神話

このように『テス』は、古代ローマの建国伝説におけるさまざまな神話や伝承や物語を前《プリ》テクストにして、また『縛られたプロメテウス』や『アエネイス』や『ルークリースの凌辱』といった、それらを前《プリ》テクストにして語り直されたテクストをさらに前《プリ》テクストにしながら語られているのだが（この点で『テス』は〈ふたたび語り直された物語〉（twice-told tale）と言ってよい）、この〈ローマ建国伝説〉というコードの中心的な〈鍵〉になっているのが、ローマの最も古い神の一柱、双面神ヤヌスである、と言ってもいいだろう。その名前は、テクストの上に現れることはないが、テスの生涯をローマ建国伝説のコンテクストにおいて捉え直すとき、テスの運命を司る神として、影のようにその姿を現す。たとえば、その双面で門の前後を同時に見張る〈門神〉としてヤヌスは、テスが最初にケレアリアの祭の練り歩きをしながら「小門」（wicket gate）（７）を通って登場するときから、最後に妹ライザ＝ルーという〈身代わり〉を通じてやはり「小門」（wicket）（３１３、３１４）を通って退場するまで、またテスがその生涯の旅路で〈テス・ダービフィールド〉から〈テス・ダーバヴィル〉へとアイデンティティを確立してゆく過程では、その名前の〈二重性〉を司る神として、常にその旅の行程に付き添っている。ちょうどアエネアスの冥界降りには〈黄金の枝〉とそれを持たせたクマエの巫女シビュラが付き添い、ダンテの旅路にはウェルギリウスとベアトリーチェという伴侶がいたように、テスの旅路にはつねにヤヌスが同行し、その運命を司っていたのであり、その意味では、テスにとってヤヌスこそ運命の神、というより〈神々の司〉でもあったのである。――ハーディもよく読んでいたはずのＪ・Ｇ・フレイザーの『金枝篇』（１８９０）を援用すれば、もっとはっきりそう言っていいようである。

今も触れたケレアリアの祭の「練り歩き」は、昔の「五月祭の踊り」（May-Day dance）の「変形もしくは身をやつした姿」であると記されているが（６）、フレイザーによればイギリスの「五月祭」は、かつてイタリアのローマの南のネミ湖畔で行われていた「森の女神」ディアナと「森の王」の「聖なる結婚」に由来し、それがローマ統治時代のイギリスに伝えられて細々と残った「色あせた名残り」（１９４）であり[13]、その「森の王」は「樫の神」でもあるユピテル／ゼウスだが、ネミではディアナの配偶者としてユピテルとヤヌスは同一視されていたのである。

フレイザーによれば、ユピテルの配偶者として通常知られているのはユノであり、処女神として知られるディアナが配偶者を持っていたとすればそれはディアヌスもしくはその名の「転化」したヤヌス、あるいはヤナとしてのディアナとヤヌスの組合わせであるが、これら対《ペア》の神々の「名前と機能はその実質と起源から言って同一である」としている。その名前の同一性は「輝き」を意味するアーリア語の語根「ディ」（*DI*=bright）に由来するもので、この点はギリシアのゼウスの古い配偶者「ディオネ」の名前にも現れていたという。またヤヌスについては、「ヤヌスの真の性格と機能については古代人も迷った」ので、「われわれが確信をもって決定するのはむずかしい」と断った上で、ヤヌスとユピテルの、その「名前の語源的同一性」や「天空の神」としての同一性を指摘し（以上３８１―８２）、結論として次のように記している。

以上、私が正しいとすれば、ギリシアとイタリアの人々の間では、同じ古代の神々の対《ペア》は、ゼウスとディオネ、ユピテルとユノ、ディアヌス（ヤヌス）とディアナ（ヤナ）と、さまざまな名前で知られていたが、その名前は彼らを礼拝した個々の部族の方言に従って形を異にしていても、実質上はまったく同一だったのである。（３８２）

言い換えればネミの「森の女神」の「聖なる結婚」の相手の「森の王」として、〈ゼウス＝ユピテル＝ディアヌス（ヤヌス）〉は同一であり、それと対《ペア》をなす〈ディオネ＝ユノ＝ディアナ（ヤナ）〉も同一ということであるから、このフレイザーの説に従えば『テス』の最後の〈神々の司〉は、ゼウスであると同時にヤヌスでもあったのである[14]。――というよりむしろ、古代イタリアに起源をもつ「五月祭の踊り」の変形の「練り歩き」をしながら登場するテスの物語の結末なのだから、しかも途中、テスとクレアの

〈結婚〉に際しては「宿生木の枝《やどりぎ》」(bough of mistletoe) が初夜のベッドの天蓋を飾っていたとあり (183)、その「宿生木の枝」こそアエネアスが冥界にたずさえて行った〈黄金の枝〉に他ならないのだから、最後の〈神々の司〉に読みとるべきものも、ゼウスというよりはユピテル、というよりはヤヌスの方がより適切であるとも言えるのである。

こうしてみると、アエネアスが〈宿生木の枝《やどりぎ》〉もしくは〈黄金の枝〉を鍵にして冥界の門を開き、亡父アンキセスの霊に会ってその後の自分とローマの運命を知ったように、その〈黄金の枝〉の意味を解き明かすべく書かれたフレイザーの『金枝篇』は、『テス』の「五月祭の踊り」から始まって結婚の「宿生木の枝」を経て、最後の〈神々の司〉に至る一連のテスの物語の隠された意味を解き明かす鍵になっていると言えるだろうし、さらにまたヤヌスこそ『テス』を読み解くための〈鍵〉としての〈黄金の枝〉であると言ってもいいのである (ちなみに「鍵」は門神のアトリビュートでもある)。

『テス』においてヤヌスが重要な〈鍵〉である所以は、しかし単にネミにおける〈ゼウス＝ユピテル＝ヤヌス〉という同一性が〈神々の司〉の隠された意味を解き明かしてくれたことだけにあるのではない。ヤヌスはいかにも神らしく、『テス』の最後にだけでなく、その全編に、広くあまねく存在しているからである。フレイザーによればヤヌスの「性格と機能」は必ずしもはっきりしないようだし、またヤヌスには固有の神話も少ないようだが、その一体にして双面を持つ他に類を見ない独自の形姿は、古来多くの人々の想像力を刺激してきたかのようで、そこにはさまざまな意味が付与されて今日に伝わっており、そうした〈意味の体系〉としてのヤヌスの神話が『テス』のテクストには複雑に織り込まれて、テスの物語を読み解く〈鍵〉になっているのである。より具体的には、たとえばクレア(Clare)とアレック(Alec)のアナグラム的な名前の意味を読み解く鍵として、またテスとその二人の男との関係を読み解く鍵として、またテスの悲劇の構造を読み解く鍵として、さらにまた、〈楽園喪失神話〉から〈ローマ建国伝説〉へのコード変換の鍵として、――というふうに。以下の章でこの〈鍵〉もしくは〈黄金の枝〉をたよりに『テス』の隠された意味の世界に降りてゆくが、まずはヤヌスの〈神話〉がどのようにテクストに織り込まれているかを、今も触れた名前の〈二重性〉を手がかりに見てゆく。

第1章　名前の〈二重性〉とアイデンティティ

（1）ヤヌスとしてのクレアとアレック

名前の〈二重性[1]〉については、細かなところでまず地名から例をあげれば、『テス』の冒頭の文にある、テスの住むマーロットの村を含む盆地の名前が「ブラックモアあるいはブラックムア」（1）だったり、テスが夜中に馬車を進ませる先が「ブルバローあるいはビールバロー」（20）だったり、タルボットヘイズを流れる川の名が「ヴァー川あるいはフルーム川」（80）だったりするところに見られるし、また人名では、冒頭近くでテスの父親ジョン・ダービフィールドが、自分ではジョンの愛称もしくは俗称の「ジャック」（1）を名乗っていたり、苗字では乳しぼり女のレティ・プリドルが元は「パリデル家」（100、107）で、御者のデビーハウスが元は「ド・ベイユ一族」（182）という旧家だったりするところに見られる。この苗字の場合は、テスの一家が元は「ダーバヴィル家」という旧家だったのが今では没落してその名も「くずれ」（29）、「ダービフィールド」に「転訛」（148）しているのと同様に、時代の移り変わりのなかで没落して名前も変わり、多くの旧家が存続しにくくなっている激変する時代が背景にあることを表してもいるのだが、この苗字も含めてさまざまな名前が〈二重性〉を帯びていることを示す上記の例はまた、その名前によって指し示されるそのもの自体のアイデンティティの二重性、二面性、もしくはヤヌス性の問題の在りかを表してもいる。上にあげた例は、たとえば御者のデビーハウスの場合のように、そこでたった一度名前が言及されているだけで人物はまったく登場してないこともあるので、ややもすると些末的に見えもするのだが、そうしたいくつかの例をたどっていった先には、テスが〈ダービフィールド家のテス〉からその表題どおりに〈ダーバヴィル家のテス〉へとアイデンティティを確立してゆく『テス』の主題に関わる〈二重性〉が控えているのであり、そのことを考えれば、たとえ些細に見えてもそう簡単に見過ごすことはできないのである。というより、そもそも「テリーサ／テリーザ」(Teresa) という本名がありながら、もっぱら「テス」という愛称で呼ばれていたところにすでに、この名前の〈二重性〉の問題の所在は示唆されていたのである。

この名前の〈二重性〉は、テスの両親について、さらに変奏された形で見ることができる。父親の本当の名はジョンで、母親はジョーンという一字違いの同名で (Joan は John の女性形)、また一字違いのアナグラムでもある。この父親は、虚栄心は旺盛だが自立心に欠けた怠惰な男で、母親も同様に見栄っぱりで手抜きの名人という似たもの夫婦であり、むろん二人は別人だが、その中身は一人とみなしてもいっこうに差し支えないほどである。この二人の、いうならばヤヌス的な〈双面一体性〉は、父親の死の場面からよくうかがえるので、母親の容態が悪いと聞いてテスが駆けつけてみると、父親が死ぬのだが、そこで語り手は次のように言う。

そう、ダービフィールド夫妻《カップル》は立場（places）を変えていたのだ。つまり、死にかかっている方が危険を脱し、気分が悪い程度だった方が死んでしまった。（２７６）

元は〈一体〉のカップルとして同じ〈一つの立場〉（a place）にいたはずなのが、あるときから二人でそれを、あの世とこの世という違った〈二つの立場〉（places）に変えていたわけだが、ここで読みとるべきは、そのどちらが死んでも大差ないかのような両親の愚かさを揶揄する語り手の口吻もさることながら、それぞれの顔と今の「立場」は違っていても、元の中身は「カップル」として一体というその〈双面一体性〉であって、二人の名前が一字違いの同名で、違う点もあれば同じ点もあるというのも、そのヤヌス性をよく表している。オウィディウスの『祭暦』によれば、ヤヌスの前後の二つの面は「まったく同じ」であるから（１：１１４）、この二人一組のヤヌスの名前は、等式化して言えば〈ジョン＝ジョーン〉ということになるだろう。

このいささかコミカルな似たもの夫婦は、その愚かなコミカリティによってテスを破局に導くのに少なからぬ手助けをし、悲劇的皮肉《トラジック・アイロニー》を生み出しているのだが、この二人一組のヤヌスは、最終的にテスを死に至らしめるもう一組のヤヌスの出現を予表し、準備するためのいわば前座にすぎない。ちょうど後から来る主イエス・キリストの出現を予表し、その主の道をならしておいた古《いにしえ》の――また同名でもある――洗礼者ヨハネ（John）のように。そして、このもう一組のヤヌスが、クレアとアレックである。

エンジェル・クレアとアレック・ダーバヴィル――このテスを破局に追いやる決定的な役割を演ずる二人の男は、その性格や生き方やテスとの関係において、正反対の方向を向いているかに見える。後でくわしく見るように、たしかにある面ではそのとおりで、たとえば一方は名前のとおり「天使」のようであるのに対して、他方はみずから「悪魔のよう」（２５３）と言っており、また一方はテスに憎まれながらも「肉体的な意味における……夫」（２８２）と言われているのに対して、他方は愛されて結婚までしながらも「精神的な運命を共にした」（２５３）と言われるにとどまっているように、あざやかな対照を示しているのだが、また別の点では、二人はきわめて近い存在でもある。というより、これも後でくわしく見ることになるが、少なくともこの二人が「身勝手な《セルフィッシュ》[2]」エゴイストであるという一点では、完全に一体であると言わねばならない。正反対の方向を向いた二つの顔を持ちながら体は一つというこのヤヌスもまた、それにふさわしい名前を持っている。綴りを見れば分かるとおり、「アレック」（Alec）はアナニムとして逆に読めば‘C-le-a’となって「クレア」（Clare）と同じになり、また両者は一字違いのアナグラムになってもいる。ちょうどテスの両親の場合と同様に。さらに‘Clare’とは元来「輝かしい」（bright）の意であるから[3]、‘Angel Clare’とは、かつて「光の天使」（Lucifer）と呼ばれながら神に反逆して堕天使となった「サタン／悪魔」の意となり、アレックと同じになるのである。また序章でも触れたようにフレイザーによればヤヌスが「ディアヌス」として森の女神「ディアナ」の配偶者となる共通点は「ディ＝輝き」（*DI*=bright）にあったことを、ここで改めて想起してもいいだろう。したがってこのクレアとアレックの名前も等式化して次のように言えるだろう。

〈エンジェル・クレア＝アレック・ダーバヴィル〉

この略して〈クレア＝アレック〉という名前こそ、この双面一体の男の〈本名〉と言ってもいいほどで、それというのも、この〈クレア＝アレック〉は、文字どおり〈一体〉となってその「身勝手さ《セルフィッシュネス》」でテスを死に至らしめているからである。

またこのクレアとアレックのヤヌス性をさらに強調するのが、「二重人格者」（double character）のクリックの、その名前「リチャード」と愛称「ディック」に関する「押韻詩」（rhyme）である（83）。彼はタルボットヘイズの酪農場の主人で、テスにとってはエデンの園のような環境を与えてくれた人物であるから、先の〈楽園喪失神話〉のコンテクストの上では〈父なる神〉にあたる人物だが、またそうであるがゆえに血縁上の〈父〉ジョン／ジャックの場合と同様に、名前と愛称の〈二重性〉が重なり合い、ここでも後者は前者の出現を予表する前座になっている。その押韻詩とは——

乳しぼりのディック
　それは週日だけ――
日曜日はミスター・リチャード・クリック（83）

この詩の内容は、週日は「乳しぼりの《デァリマン・》ディック」として「長くて白い大きなエプロン」をつけて酪農業にはげみ、日曜日は「ミスター・リチャード・クリック」として「光り輝く黒ラシャの服」を着て教会に行く際の、その際だった変身ぶりを歌ったもので（83）、「二重人格」といってもその程度であるから、たわいないといえばそれまでだが、この一見たわいなく歌われている「押韻詩《ライム》」に耳を傾けていると、同一人物の名前（リチャード）とその愛称（ディック）の〈二重性〉のうちに、クレアとアレックのヤヌスぶりが変奏されていたのが聞こえてくるだろう。「乳しぼりのディック」と「ミスター・リチャード・クリック」とは、要するに脚韻《ライム》を踏みながら同一人物の二面性／双面性を表すもので、「二重人格」とはそれの別様の表現に他ならず、したがってクリックは、その一つの体の上に〈ディック〉の面と〈リチャード〉の面が乗っている、双面一体のヤヌスだったということである。ちょうどクレアとアレックが、「身勝手さ《セルフィッシュネス》」という一つの体の上に〈クレア〉の面と〈アレック〉の面が乗っている、双面一体のヤヌスだったように4。
このクレアとアレックのヤヌス性はまた、クレアの父の、老クレア師との関係からも言えるだろう。このパウロ主義を奉ずる老クレア師は、クレアとは血縁上の父子だが、アレックとは、彼が回心したのちは信仰上の父子であって、その〈父〉との関係では、クレアとアレックは〈兄弟〉といってよい。というより、この後第5章でくわしく見ることになるが、パウロの教えを忠実に受け継いでいる点では、二人は〈双子〉の兄弟といっていいほどよく似ている。この二人がともに、老クレア師とは親和と離反のパターンを繰り返しているところもそうだが、さらに興味深いのは、このように共通の〈父〉を持つ〈双子〉のようでありながら、しかも〈一体〉の部分ではテスという共通の恋人もしくは愛人を持ちながら、二人はまったく顔を合わせてはいない点である。最終の「第7局面」でクレアとアレックが〈青鷺荘《ヘロンズ》〉という同じ場所にいながら決して顔を合わせてないのは象徴的だが（297—99）、これも二人がつねに逆方向を向いた〈双面〉のヤヌスであることを物語っているし、またアレックがクレアについて次のように言っているのは、それをさらに言い換えて、自分が双面の片面であり、クレアがもう一方の片面であることを示して、双方合わせて「神話」のヤヌスであることを表している。

「彼はまるで神話の登場人物（a mythological parsonage）みたいだな。……彼の見えない顔に祝

福あれ！」（260）

ここはブラジルに行ったクレアに放置されて一人で苦労しているテスを救出しに――と言えば聞こえはいいが、要するにテスが一人でいるのをいいことに、ふたたび彼女を誘惑しに登場したアレックが、不在のクレアを「架空の《ミソロジカル》」人物として登場させて、その不在に「祝福」を与えているところだが、ここはまたクレアとアレックの二人が、ヤヌスという文字どおり「神話の《ミソロジカル》一登場人物」としてテクスト上に「登場」しているところでもある。ローマ神話のヤヌスはつねに東と西を、あるいは右と左を向いて、決してその双面を合わせることはないため、アレックにとって（またクレアにとっても）相手の顔はつねに「見えない」が、テクストの読み手には、一方の顔が見えているときは必ずその向こう側に、逆を向いた他方の顔が見えるからである。

（2）「自身《セルフ》」をめぐる関係性の劇とアイデンティティ

このクレアとアレックというヤヌスと真正面から向き合うのが主人公テスだが、そのテスも、二重性もしくはヤヌス性を帯びている。それはたとえば、タルボットヘイズでクレアがテスをなぞらえた二柱の女神の名前に見ることができる。

彼女はもはや乳しぼり女ではなく、幻想的な女性の精髄《エッセンス》——女性全体が一つの典型的な形にまで凝縮された姿だった。彼はからかい半分で、アルテミスとかデメテルとかその他の妙な名前で呼んだが、彼女はよく理解できなかったので、それが気に入らなかった。（103）

ギリシア神話の〈処女神〉アルテミスと〈豊饒神〉デメテルへの言及は、「女性全体」を、たとえば処女性と豊饒性という正反対の二つの面によって象徴しようとするものだろう。この反対の方向を向いた二つの面を一身に備えた双面の女神——言うならばこれがテスだが、このテスのヤヌス性は、しかしクレアとアレックのそれとはある一点で決定的に違っている。それはエピグラフに掲げたヤヌスの意味の（3）と（4）の違い——すなわち双面が〈対立〉するのか、それとも〈統合〉するのかの違いで、クレアとアレックのヤヌス性は、正反対の二つの面がまさに〈クレア〉と〈アレック〉に分裂し、対立し、常に逆方向を向いていたのに対して、テスのそれは、今も見たように、正反対の二つの面が統合され、一つに融け合って、一身で「女性全体」を、あるいは一体で全体を象徴する、言うならば〈完き女性〉となっているからである[5]。

とはいえこのテスの〈完き女性〉としてのアイデンティティは、今の引用文の最後に、自分でも「よく理解できなかった」とあるように、この時期のテスにはまだ確立されてはおらず、生涯を通じて確立されていったので、それを表すのが、〈テス・ダービフィールド〉から〈テス・ダーバヴィル〉へと変わる名前の〈二重性〉である。「第1局面」の第2章でテスが初めて登場するとき、彼女が友人に、「あれ、あれ、まあ、テス・ダービフィールド、馬車に乗って帰って行くのはあんたのお父さんじゃないの！」と、フル・ネームで呼ばれているのも、決して偶然ではないだろう。11世紀にノルマン王国から渡ってきたサー・ペイガン・ダーバヴィル（「ペイガン」は「異教徒」の意）を開祖とするダーバヴィル家の直系の子孫を父に持つテスは、のちに先祖の墓所の納骨堂に入り、そこで深く先祖に思いをいたし、また最後に逮捕される直前には「異教徒《ヒーザン》の神殿」（３１０［heathen と pagan は同義］）ストーンヘンジに来て、「私は今故郷にいる」（３１１）と言い、その祭壇上に横たわって先祖と一体化して安息の眠りに就いているが、このように最後には、〈異教徒《ペイガン／ヒーザン》〉の末裔としての自己のアイデンティティを確認し、〈ダーバヴィル家のテス〉として、表題どおりの名前で死を迎えている。登場人物の名前がそのアイデンティティを表すものとすれば、最初の〈テス・ダービフィールド〉から最後の〈テス・ダーバヴィル〉へという名前の変化は、テスがその生涯をかけてアイデンティティを確立していったことを表すことになる。

こうしたテスのアイデンティティ確立の劇は、主としてクレアとアレックとの関係を通じて演じられてゆくのだが、そこにおけるキー・ワードは、アイデンティティの元になると考えられる「自身（自己）」（self）である、と言っていいだろう。それはたとえば、後でもう少しくわしく見るように、「第1局面」の最後でテスがアレックにレイプされたとき、語り手は、レイプがテスの「彼女自身」（self of hers）から「人格」（personality）を「引き裂く」（divide）ことになったと言い（58）、また「第4局面」で、クレアとの結婚によってその引き裂かれたアイデンティティが回復されるかに思えたところでは、「彼らの二つの自身が一つになって、その二つを引き裂くものは何もなくて……」（Their two selves together, nothing to divide them...）（１６０）と言っているところに見られるだろう。また「第5局面」でクレアが、そのアレックのレイプに関するテスの告白を新婚初夜に聞いて、新妻が処女でなかったことを知ったとき、「以前の君は、君だったけど、今の君は別人だ」（１７９）と言い、さらに「もう一度言うけど、僕が愛していた女は君じゃない」「君の姿をした別の女だ」（１７９）と繰り返し、テスは文字どおり「今の君」と「以前の君」もしくは「別の女」に引き裂かれている。そして、そのようにテスのアイデンティティを引き裂いたクレアとアレックという〈双面〉の男が共有する〈一体〉の部分も、「身勝手さ《セルフィッシュネス》」という「自身《セルフ》」の利益や幸福にのみ関心を向けて他人への思いやりに欠ける人格《パーソナリティ》だった。

つまり『テス』で一貫して描かれている、テスのアイデンティティの分裂・回復・確立の劇は、プロットの上ではテスとクレアとアレックの「自身《セルフ》」をめぐる関係性の劇として展開されているのであり、またその「自身《セルフ》」が危機に瀕しているところに、たとえばクレアの言う「モダニズムの苦悶」(ache of modernism)（98）があった、と考えられるだろう。タルボットヘイズでテスはクレアに、「生きること一般」([L]ife in general) が「恐い」（97）と言い、その具体的な例として次のように言う。

「木はもの問いたげな目をしてるんじゃないかしら――つまり、そんなふうに私には見えるんです。それに川はこんなことを言ってる。『どうしてお前たちはそんな顔して私を悩ませるんだ』って。それにたくさんの明日たちが一列に並んでいて、最初のが一番大きくて、はっきりしていて、先になるほど小さくなっていくんですが、でもその明日たちは恐ろしく残酷に『さあ、行くぞ！　私に気をつけろ！　私に気をつけろ！』って言ってるみたいなんです。――でもあなたは、音楽で夢を呼び起こして、こんな恐ろしい空想を追い払うことができるんです！」（97）

クレアはテスがこのように言うのを聞いて、「一介の乳しぼり女」が「ほとんど時代の感情と呼んでいいもの――モダニズムの苦悶」（97―98）を感じているのを知って驚いたと、語り手は記しているが、その「苦悶」の背景には、クレアが少し前で言っていたように、「信仰がまだ生きていた中世」（87）とは異なり、絶対的な神の存在が疑われはじめ、むしろ「相対性がすべて」（96）になった「近代」という時代がある。人と事物の関係もかつてのような安定した調和が失われ、たとえば「木」や「川」や「明日」が自分を脅かす存在としてテスの目に映っていたというのも、〈自然〉や〈時間〉などすべてを司っていた絶対者がいなくなったために、すべてが相対的になった近代という「時代の感情」を表している。

テスがクレアにこの話をしたのは、クレアが庭でハープを弾いていたとき、その音楽に慰められたためだったが、その音色について語り手は、「絶対的に言えば、楽器も演奏も貧弱だったが、相対性がすべてであって、耳を傾けながらテスは、魅入られた小鳥のようにその場を動くことができなくなった」と言っている（96）。ハープの調べが、象徴的には「天使《エンジェル》が奏でて天上の至福と調和を表す」（Vries）もので、『失楽園』でも天上ではつねにハープの音が鳴り響いていたが、エンジェル・クレアが奏でる音楽は、「絶対的に言えば……貧弱」とあるように、それが伝える「天上の至福と調和」のメッセージの「絶対」性も貧弱で、むしろ「相対性がすべて」であるために、やはり近代を生きるテスはそこに自分の「苦悶」に通じるものを聴きとって慰められ、その場を動くことができなくなったのだろう。「魅入られた小鳥のように」とは、小鳥も感動してその説教に耳を傾けたと伝えられる中世のアッシジの聖フランチェスコが連想されるが、絶対的な神の存在が疑われている近代の〈天使《エンジェル》〉は「相対性がすべて」という共通の「時代の感情」をハープで奏でてテスを感動させたのである。クレアがこの近代という時代を「生きることの困難さは深刻だ」（97）と言ったとき、テスが「そのとおりです――そう言われてみれば」

（97）と言っているのも、二人がその点では共通の認識を持っていたことを表している。牧師の息子のクレアがキリストの復活が信じられないために聖職に就かず（91）、またキリスト教に懐疑的であるとの記述は何カ所にも及ぶ。

そしてテスは、神を失った近代人が自我に目覚めたように、この「相対性がすべて」の時代にあって唯一絶対的なものとして自我に、もしくは「自身《セルフ》」に目覚め、それをかけがえのないものとして捉えていたのだが、それがアレックのレイプによって「自身《セルフ》」から「人格《パーソナリティ》」を引き裂かれたのであり、その「苦悶」が、クレアの言う「モダニズムの苦悶」と重なり合っていたのだろう。しかしクレアに分かったのはその表面的な部分だけで、テスの話を聞きながらもその「苦悶」の淵源にまで思いが及ぶことはない。クレアは、「モダニズム」などのような「なになにイズム」といった「進歩的な思想」は、「何世紀にもわたって人々が漠然と掴みとってきた感情に最新流行の定義を与えたものにすぎない」と気がついて、テスについての「この認識も驚きが薄れていった」のである（98）。――こうしたクレアの、テスが「自身《セルフ》」の危機に苦悶していることへの無理解は、このあともつづく。

「どうして急にそんな浮かない顔をするの？」

「あら、ただ――私自身のことなんです（about my own self）」と、悲しそうにかすかに笑って言い、そうしている間にも発作的に〈姫さま〉を剥きはじめた。「自分も運がよかったらどんなふうになっただろうかと、ちょっと考えたんです。私の一生は機会に恵まれなくて、無駄に過ごしてしまったように思えるんです。あなたが知っていることや、あなたが読んだ本や、見たり考えたりしたことを聞いていると、私ってなんてつまらない人間なんだろうって思ってしまうんです。まるで聖書のなかの哀れなシバの女王みたい。」（99）

「姫さま」とは、「殿さま姫さま（lords and ladies）」（サトイモ科の植物で和名テンナンショウ〔天南星〕）を使った運勢占いで、包葉を剥いて濃色の肉穂花が出たら「殿様／吉」で、淡色のが出たら「姫様／凶」ということのようだが、テスはそれまでの自分の凶運を「自身《セルフ》」の成長を妨げるものとしてとらえているようである。この箇所の二つ前の段落に、テスは初めの頃クレアを「一つの知性として見ていた」（98）とあり、また五つ前の段落にはクレアの属する「階級」についての言及があって（98）、もし聖職に就くのならケンブリッジ大学にも進学できることになっていた「紳士階級」のクレアの「知性」と比べて、貧しい行商人の娘で小学六年までしか学校に行けなかった自分の「無知」を思い知らされたテスが、もし「機会」に恵まれていれば、自分の「自身《セルフ》」をもっと高めることができたのにと落ち込んでいるのだが、クレアの「知性」も、たまたま運よく恵まれた「階級」に生まれたために本を読む機会にも恵まれた結果にすぎないことが、じきに明らかになる。テスが、なぜ太陽は正しい人にも正しくない人にも同じように照らすのかというイエスの山上の垂訓の意味を知りたいけれど、「そんなことは本は教えてくれないわね」（99）と言うと、クレアは即座に「テス、そんな皮肉は言うもんじゃない！」（99）と語気を荒げ、テスの悩みは理解できないままに「去りかねるようにその場を去っていった」（100）とある。図星をつかれたからこそ語気を荒げたのだろうが、所詮本から得ただけの浅薄な「知性」では、少なくともテスの「自身《セルフ》」についての悩みや苦悶は理解できないし、自分の「身勝手さ《セルフィッシュネス》」についての自己認識はさらにない。（このあたりからは、冥界へ降っていったオルペウスが、ハープの卓抜な演奏で冥界のあらゆるものを感動させるところまではうまくいったものの、最後で失敗して妻エウリュディケを冥界から連れ戻し損ない、出口でしばし呆然としたあと、去りかねるように去っていた姿を重ね合わせてみてもいいかもしれない。）

こうしたクレアの性格《パーソナリティ》は、単にテスに対してのみ発揮されるのではなく、たとえばテスと別れたあと、イズ・ヒュエットをブラジルへ一緒に行こうと誘いながら途中で気を変えて、イズを傷つけてもそのことにまるで気づかないところに端的に見られるように（210―13）、女性一般の「苦悶」への思いやりのなさ、鈍感さ、無理解は、クレアの一貫した性格になっている。その原因は、すでにイズら乳しぼりの女たちに見抜かれていたように、「自分自身の思い（his own thoughts）にとらわれすぎて女の子には気がつかない」（88）という、言い換えれば自分自身のことを最優先させて他者としての〈女〉が見えない「身勝手《セルフィッシュ》な」な〈男〉の性質にある。そしてこの一貫した性質のために、クレアはこのあとも常にテスの「あるがままの自分」（164）すなわちアイデンティティが見えず、その果てに「かつて愛していたテス」と「今のテス」とに引き裂いたことは、先に触れたとおりである。ちょうどアレックがレイプによってテスの「自身《セルフ》」と「人格《パーソナリティ》」を引き裂いたのと同様に。だから、クレアがテスの告白を聞いてそのアイデンティティを引き裂いたとき、テスが次のように言っているのも当然だろう。

「私は、エンジェル、あなたが私を愛してくれていると思ったのよ——私を、まさにこの私自身（my very self）を！」（179）

テスにとって「愛」の成就としての結婚は、先にも触れたように「二つの自身」（two selves）が合体して一つになることであり、クレアにとっても同様であるはずで、その点が、レイプによって単に肉体上の合体のみを求めたアレックとの決定的な違いだったのだが、また結婚してクレアの「自身《セルフ》」と合体することで、テスはアレックに引き裂かれたアイデンティティの回復を求めてもいたのだが、まさにそれが成就されようとしていたときに、そのクレアが、ただ単に肉体上の処女性にのみこだわってふたたびテスのそれを引き裂いたのである。つまるところクレアもアレックも、テスの〈肉体〉にのみ拘泥していた点では何の違いもなく、二人の双面一体性がそこにも読みとれるのである。すなわち、女の〈肉体〉には拘泥するものの、その「自身《セルフ》」や「苦悶」には鈍感で無理解な〈身勝手さ《セルフィッシュネス》〉という一つの体の上に、〈クレア〉と〈アレック〉という逆を向いた二つの顔が乗っている、そういう双面一体の〈男〉として、〈女〉の全体性を象徴するテスと、その「自身《セルフ》」をめぐる関係性の劇を演ずるのである。

〈テス・ダービフィールド〉から〈テス・ダーバヴィル〉へと名前が変わる、テスのアイデンティティの分裂・回復・確立の過程では、具体的にはこうした劇が展開されるのだが、次にその劇を、アレックによる〈分裂〉とクレアによるそれとに分けて、テスの旅路に即してもう少しくわしくたどってゆく。むろんその旅路にヤヌスが同行していることは言うまでもない。

第2章　アレックによる
アイデンティティの分裂とヤヌスの影

（1）冥界の地獄タルタロスへ

『テス』の「第1局面」は「乙女／処女」（The Maiden）と題され、その第2章でテスは、他の娘たちと一緒に古代ローマの穀物神／豊穣神ケレスをまつるケレアリアの祭の練り歩きをしながら、白い服[1]を着たいかにも「乙女」らしい姿でさっそうと登場する。一部は先に引いたが、あらためてそこを引用すると――

……彼女たちはみな快活で、その多くは陽気だった。

彼女たちは〈清酒亭《ピュア・ドロップ・イン》〉のそばを曲がり、街道から小門（wicket-gate）を通り抜けて草地に入りかけたとき、そのなかの一人が言った。

「あれ、あれ、まあ、テス・ダービフィールド、馬車に乗って帰って行くのはあんたのお父さんじゃないの！」

この大声を聞いて、年若いメンバーの一人が振り向いた。とても美しい少女で――もっと美しい娘もいたかもしれないが――そのよく動く牡丹のような口と、大きな無垢《イノセント》な瞳は、その顔の色や形に表情の豊かさを添えていた。（7）

この前の第1章でテスの父親は、好古家の牧師から、ダービフィールド家は昔からの名門ダーバヴィル家の直系の子孫であると知らされてすっかりその気になり、金もないのにつけで馬車を雇い、つけで買った酒を飲みながらうかれて家に帰って行くのを目撃されたところで、そのことを初めとして、ここに引用した箇所には、この後のテスの運命を決定づける要素があらかた出そろっている。今の「牡丹のような口」に関連して語り手が後で使っている言葉でいえば、のちに主人公を悲劇に追いやる「悲劇的過誤《トラジック・ミスチフ》」(30)が、すでにここには出そろっている。すなわち名門の子孫であること、愚かな父親、酒、貧困、テスの上品で端麗な容姿、なかんづくその唇が、一本の運命の糸によりあわされてテスを翻弄し、破局《カタストロフィ》へと導くことになるからである。アリストテレス的に言い換えれば、テスの一家が名門の末裔であるのを知らされたことは悲劇の発端となる「紛糾」(第18章)の始まりであり、したがってテスがその「小門」を通り抜けて登場してきたとき、本来なら青春の真っ盛りで洋々たる人生への〈入門〉となるはずのところが、テスの場合は、それは悲劇の舞台への〈登場口《エントランス》〉となる。そして、この「小門」を通り抜けたときからテスの道行きにはヤヌスが同行しはじめ、それは最後の死に至るまで変わらない。最終章でテスの〈身代わり〉である妹ライザ=ルーが、クレアとともにテスの死を見届けに行ったとき、最後に通過するのも、場所は違うが同じ「小門」(wicket)(313、314)であるのは、先に序章3節で触れたとおりである。人生の初舞台に登場したときから最後に退場するまで、テスはつねに〈門神〉の影の下を歩くのである。そのあいだをもう少し細かく見てみよう。

テスは「五月祭の踊り」の「練り歩き」(6)から帰宅して家の「ドアを開けたとき」(11)、すでに一家が名門ダーバヴィル家の末裔であることを聞かされていた母親が「娘をじっと見つめている」(12)。この母親はあとで酒場で飲みつづけている亭主を相手に娘を玉の輿に乗せる相談をするのだが(17)、このジョンとジョーンという一字違いの同名の似たもの夫婦が、双面一体のヤヌスとして、文字どおり一体となってテスを結果的に悲劇に追いやることになるのは先に触れたとおりで、この両親によるテスの悲劇の道行きは、まずテスがこの家の「ドアを開けたとき」から始まっていたのである。またその後もテスの運命を司るヤヌスは、〈門神〉らしく「ドア」を通って入ってくるためか、「ドア」への言及がつづく。——母親が亭主を迎えにもぐりの酒場へ行くときは「表のドアを開け……勝手知ったる指先で階段のドアの掛け金をはずし」(16)、母親もそこに腰を落着けてしまうと、テスは「ドアから外を眺めて」(15)心配し、弟に迎えに行くように言うと、「少年はすぐに椅子から立ち上がるとドアを開け、夜の闇の中に吸い込まれて行った」(15)というふうに。——酒場や家に「ドア」は付きものだから、「ドア」への言及が繰り返しあっても別に不思議ではないのかもしれないが、ここで父親が飲みつぶれ、夜中に仕事で荷馬車を出すことができず、代わりに慣れないテスが馬車を動かして事故にあい、馬を死なせ、それが元でダーバヴィル家に行ってアレックと出会うことになるのだから、この「酒」にからんで「ドア」への言及がつづく場面は、テスの運命の輪が大きく動き出すきっかけになるところでもある。言うならばテスは、先の「小門」を通って運命の道に足を踏み入れ、両親の家の「ドア」を開けて、新たに一歩、悲劇の道を歩みはじめたのである。夜中に母親が、父親が酔いつぶれて馬車を出せないと言ってきたとき、「テスの大きな目は、母親の手がドアに触れた瞬間に開いていた」（19）とあるのも、「ドア」と「酒[2]」が、なかんづく「ドア」がテスの運命に関わる大きな意味を持っていたことを示している。

テスは事故で馬を死なせた後、思惑のある母親の勧めと、馬を死なせた自責の念から、親戚と思われたダーバヴィル家に挨拶に行くことになるが、この一家は成金の商人が没落した貴族の名前を勝手に名乗っているだけの〈偽のダーバヴィル〉で、直系の〈真のダーバヴィル〉のテスの一族と血縁関係はまったくないが、その屋敷に近づいて行くあたりから、ヤヌスを伴侶としたテスの旅の行程は、次第にアエネアスと同様の〈冥界降り〉の様相を呈しはじめる。そしてその道行きは、アエネアスの冥界降りと重なり合うプロセルピナとケレス（ギリシア神話ではペルセポネとデメテル）の神話や、また前章２節で見たようにそのデメテルとともにテスが見立てられていたアルテミス（ローマ神話ではディアナ、また特にアルテミスと同一視されることのあるヘカテと、そのローマ名トリウィア）の神話を背景に、さらにまた序章でも触れたアダムとイヴの楽園喪失神話などを背景に語られることになる。

まずテスは、家を出てから馬車に乗り、目指すダーバヴィル家に最寄りの「トラントリッジ・クロスで馬車を降りると、〈御狩場〉として知られている方へ歩いて丘を登って行った」（26）と語られているが、その名前から〈十字路《クロスロード》〉と思われる「トラントリッジ・クロス」には、旅人に途中で進路の選択を迫る〈十字路《クロスロード》の女神〉としてトリヴィア（もしくはヘカテ／アルテミス／ディアナ）が現れているかのようであり[3]（〝trivium〟はラテン語で「十字路」の意）、そしてテスが〈御狩場〉の方へ歩き始めたとは、この後じきに明らかになるように、まさにアエネアスのように〈冥界〉へと進路をとったことに他ならない。

アエネアスがイタリアのクマエの岸にたどりつき、アポロに仕える巫女シビュラに会いに「トリウィアの聖林と黄金の館［＝アポロ神殿］」（『アエネイス』6：13行）に向かい、そこでシビュラから、冥界へ降るにはまず「黄金の枝」を手に入れねばならぬと言われ、二羽の鳩に導かれて黄金に輝く「宿生木《やどりぎ》」が「常磐樫《ときわがし》」（ilex）（同6：205、209行）に生えているのを見つけるように、テスは目指す屋敷に近づき、「門番小屋」の「わきの小門」（side wicket）（26）を通って敷地内を歩いて行くと、「あらゆるものが貨幣のように見える」といういかにも成金の〈偽のダーバヴィル〉らしい屋敷が「常磐樫」（Evergreen Oaks）（27）などに囲まれて立っているのを見つける。しかも語り手は、その屋敷の彼方には〈御狩場〉（The Chase）と呼ばれる古代ケルト人の森が見えていて、そこには昔の「ドルイド教徒の

［崇拝した］宿生木《やどりぎ》が樫《かし》の老木に生えているのが今でも見られる」（26）と言っている。ドルイド教の司祭にとって宿生木とその宿主の樫は豊穣の儀式の際に用いる聖木だったと言われているが、この〈樫に生える宿生木〉がアエネアスが冥界に至る鍵としてたずさえていった〈黄金の枝〉でもあったことは、今も、また序章3節でも見たとおりである。この屋敷には〈斜面荘〉(The Slopes)（26）なる名前がつけられているが、またそうであるがゆえに、テスが「小門」を通ってその屋敷に近づいて行くことは、そのまま〈斜面〉を降って地下の〈冥界〉へ、さらにその彼方の〈御狩場〉というこの後テスが追いつめられ、レイプされる、冥界の地獄〈タルタロス〉へと降って行くことを表すことになる。――テスが歩きつづけて行くと、芝生の上にはしゃれたテントが張られていて、「そのドアがテスの方を向いていた」（27）。まるでテスを誘うように「ドア」が向いているのだが、その「テントの暗い三角形のドア」（28）から出てくるのが、冥界を司る神プルト／ハデスともというべきアレック・ダーバヴィルであり、そのときさっそく「イチゴ」を口元に突きつけられて〈誘惑〉を受けるのは、すでに序章1節で触れたとおりである。

この〈偽のダーバヴィル〉との最初の出会いの後、テスが家に帰るとすぐに屋敷に奉公しに来ないかとの誘いがあり、逡巡しながらも困窮した家族のために応じ、出発しようとすると、アレックが迎えに来るのだが、その部分はこんなふうに記される。――テスが見送る家族から一人離れて丘を登って頂上に着くと、アレックは立派な馬車に乗って頂上の藪の中から「飛び出して」テスの「そばに止まり」（37）、「不安」から躊躇しているテスを「急きたてて」乗せると、「すぐに馬に鞭をくれて」走り去り（38）、下り坂にくると猛烈なスピードで駆け降っては怖がるテスをしがみつかせ、斜面を「下へ、下へと疾走して行った」（39）というふうに。

プルトは、兄ユピテルと姉ケレスの娘プロセルピナを誘拐するに当たっては、ケレスの怒りを予想して事前にユピテルに相談し、その黙認を得ていたが、同様にアレックも、テスの最初の訪問のあと母ジョーンを訪ねて奉公の相談をし、それに対して娘の美貌を「切り札」（38）と考えるジョーンは、アレックがテスの容貌に「関心をもっている」（33）のを承知の上で奉公に出していたので、娘が美貌を武器に玉の輿に乗れるのならそれは何よりと、その点では「黙認」していたのである。またテスの最初の訪問の際にアレックがテスの口元に「イチゴ」を突きつけて「誘惑」しようとしていたことは先に触れたが、そのときテスをおびただしい「薔薇」の花で飾ってやっていたことを（29―30）、ここで想起してもいいだろう。その花はヘンナの野に咲く花々のなかでもプロセルピナら乙女たちに「最もたくさん摘まれた薔薇」（『祭暦』４：４４１行）と記されていたのと重なり、またエデンの園で蛇に変身したサタンがイヴを誘惑しようとアダムから離れて一人になる機会をうかがっていた場所が、やはり「薔薇がかくもびっしりと生い茂る」（『失楽園』９：４２６行）ところだったという一節とも重なり合って、アレックによるテスの誘惑が、プロセルピナの〈誘拐〉やイヴの〈誘惑〉を背景に語られていたことが浮き彫りになってくるからである。ローマ神話のプロセルピナとプルトは、ギリシア神話ではペルセポネとハデスとして知られるが、ペルセポネは別名で「コレ」とも呼ばれていて、ギリシア語の「コレ」とは「乙女／娘」(kore=Maiden[*OED*])の意であるから、この点でも「第1局面」の表題「乙女」(Maiden)と重なり合い、また「第2局面」の表題「もはや乙女ではなくなって」(Maiden No More)も、その後ハデスの正妻となって冥界の女王として君臨したコレとは異なり、アレックの「正妻」とはならずに、ただ「乙女《コレ》ではなくなって」しまったテスのその後を表す表現として正確に重なり合うのである。

また〈偽のダーバヴィル〉に関連して、テスがそこへ奉公に行く部分を記す第7章が次のように書き出されて、そこに「鳥」への言及があったことにも触れておいた方がいいかもしれない。

> 出発と決められていた朝、テスは夜明け前に——闇が終わろうとする境界的な時刻に、目を覚ました。森はまだ静まりかえり、ただ予言者的な鳥が一羽、自分だけが夜明けの正確な時刻を知っているという自信ありげな声でさえずっていたが、他の鳥たちは、あいつは間違っているんだと、これまた確信をもっているかのように沈黙を保っていた。(35)

夜の闇から朝の光へと変わる夜明けの「境界的」(marginal)な時刻は、光を司って夜を明けさせる太陽神ヤヌスの時刻であり、またそうした夜明けを告げる「鳥」や「鶏」はヤヌスのアトリビュートでもあって、テスの冥界への旅立ちにヤヌスが現れているのは当然としても、このあたりはまたアレックの〈偽のダーバヴィル〉を強調するものでもある。テスが奉公に来てみると、アレックの母親はかつて人が住んでいた屋敷全体を「鶏小屋」(fowl-house)にしていて、いたるところ鶏が充満しており、またその母親は「鶏」(fowls)を「鳥」(birds)と呼んでいたとあるので(42—43)、そこからは「エレミア書」(5:27)の、「籠に鳥が満ちているように、彼らの家は偽り(deceit)で満ちている」という一節が連想され、アレックの〈偽のダーバヴィル〉のさらなる強調を読むことができるからである。またそれと同時に、この後〈真のダーバヴィル〉のテスは、〈偽のダーバヴィル〉のアレックと無理やり性的に合体させられ、〈偽のテス・ダーバヴィル〉というアイデンティティの〈死〉を経験することになるので、この〈偽〉を表す「鳥/鶏」への言及には、その予表を読むことができるのである。

こうして〈偽のダーバヴィル〉の〈斜面荘《スロープス》〉に来てから、テスはヤヌスを伴侶としつつ、ちょうどクマエの巫女シビュラを伴侶としたアエネアスが幾重もの「門」を通って冥界の地獄タルタロスを通り、冥界の楽園エリュシオンの野へと降って行ったように、このあといくつもの「門」や「ドア」や「敷居」を通って、まずはタルタロスという〈死〉の世界へ降って行く。——鶏の世話をするテスは、その「鶏小屋」になっている屋敷の「ドア」を何度も出入りし（42―43）、屋敷の「表玄関」（43）や庭師の小屋の「ドア」（45）を目にしたりするが、テスの身に危険が迫るチェイズバラでの場面になると、「女になる敷居」（47）、「表玄関のドア」（48）、「開け放したドア」（同）、「戸口」（同［二度］）、「畑の門」（51）、「門や柱」（同）などと、広義の〈門〉への言及がにわかに増え（このあたりにはアエネアスがいくつもの門を通る『アエネイス』６：２７３行以降を想起してもいいだろう）、テスの運命の輪がいよいよ大きく動き出すことが暗示される。――そしてある土曜の夜、労働者仲間と気晴らしの遊びに出かけた帰り道でテスは、カー・ダーチという名の「色の黒い口やかましい女」（50）とのいさかいから窮地に立たされ、やむを得ず、どうやらその機会を狙って馬で跡をつけていたらしいアレックの助けを受けるが、そのあたりは次のように記される。

テスは皆から離れて、門の近くに立っていた。アレックは彼女の方へ身をかがめた。「僕の後ろに跳び乗るんだ」とささやいた。「そうすればすぐにわめきちらしている意地悪女どもから逃げられるぞ！」

彼女は今にも気絶しそうだった。それほどまでに追いつめられた気持ちになっていた。……彼女は衝動に身を任せて、門によじ登り、爪先を彼の靴の甲にかけると、彼の背後の鞍に這い上がった。

喧嘩好きの酒飲みどもがこの出来事に気がついたときには、二人ははるかな灰色の中へと疾走していた。（52—53）

この引用箇所の直前には、先に序章で見たようにアレックが蛇のように「這うように」近づいてきたと記されており、自分と一緒に来るようにと誘うアレックの姿は、『失楽園』（9：625行以下）の、イヴを知恵の木へと誘う蛇の姿と二重写しになっているし、またこの「門」への二度にわたる言及には、つねにテスの悲劇の道行きに同行している門神ヤヌスの影も見られるだろう。またテスがアレックの馬に乗せられて行くところには、のちに語られることになるダーバヴィル家の〈馬車伝説〉を想い浮かべつつ、プルトにさらわれて馬車で冥界へ降って行くプロセルピナの姿を重ね合わせてみることができるだろう。またカー・ダーチら三姉妹の「意地悪女ども」には、アエネアスが冥界の地獄タルタロスの「堅固な金剛石の柱の上に立つ巨大な門」に着いたときに見た、そのそばの「鉄の櫓《やぐら》」に座して「日夜不眠で入口を監視するティシポネ」（6：552—56行）と、アレクトとメガエラという〈復讐の女神〉フリアエの三姉妹のイメージを見ることができるだろう。カー・ダーチが頭上に乗せているバスケットの中で糖蜜の瓶が割れて背中に流れ出し、一見「髪の毛」が垂れ下がっているかのような「一筋の黒い流れ」が、「ぬるぬるした蛇のよう」に見えていたという記述（51）は、「髪の毛の代わりに蛇」（Jobes）

が生えていたというティシポネの姿を偲ばせるし、またティシポネとその「外見と機能が似て」（Room）、同一視されることのある〈運命〉と〈死〉と〈復讐〉の女神ケール（Ker/Cer［英語では「カー」］）を重ね合わせてみれば、このカー・ダーチ（Car Darch）という名前はフランス語ふうに、あるいはテスの「ダーバヴィル」（d'Urberville）ふうに、「アーチのカー」（Ker d'Arche）とも読めるだろう（「アーチ」が広義の「門」に含まれることはエピグラフに掲げたとおりであり、またこの後カー・ダーチがもう一つのタルタロスと言うべきフリントコム-アッシュにふたたび現れているのも［後述］、この二つの場所がタルタロスとして地続きであることを示している）。いずれにせよカー・ダーチは、最近までアレックの「お気に入り」（50）だったのに、テスの出現でその地位を奪われたので、テスとのいさかいはカーの「復讐」でもあった。そしてテスはこのあと地獄のような闇の中でアレックの誘惑に落ち、レイプされ、アイデンティティの分裂という一種の〈死〉を迎えるのである。

　アレックとともに馬に乗って「はるかな灰色の中へ（into the distant grey）」入って行ったテスは、〈御狩場〉の森の中をさまようことになるが、そこにはたまたま門がないためか、あるいは深夜で〈太陽神〉は〈月の女神〉に出場《でば》をゆずったためか、ここでは先に〈十字路《クロスロード》の女神〉として現れていたトリウイア／ヘカテが、今度は〈処女の守護神〉でもある〈月の女神ディアナ／アルテミス〉として現れたかのように、しばらくのあいだ「月光」があたりを明るく照らしていたが（50―53）、そのうちに霧が出てその光も薄れ（54）、やがて月も沈み（56）、真っ暗になる（57）。――このあたりの記述からは、アエネアスがシビュラとともに冥界を進むとき、「ユピテルが空を闇の中に埋め、暗い夜が世界から色彩を奪い去った時に、移り気な月が渋々と光を照らす森の中を進んでいった」（6：268―273行）とあるのを想起してもいいかもしれない。――色彩のない灰色の中を月に照らされながら進み、やがて地獄の闇の中へと入って行き、そこで、次の「第2局面」の表題どおりに「もはや乙女ではなくなって」しまうのだが、そのとき二人の上には「古代の櫟《いちい》と樫《かし》」（57）の木がそびえ立っていたと、語り手は言っている。ヤヌスはここでそのエンブレムである「樫」に姿を変えてテスの「乙女」としての死に、あるいはアイデンティティの死に立ち会っていたとも言えるだろうし、あるいはまた序章3節でも指摘したように、ネミの森の中でヤヌスがディアナと「聖なる結婚」をしていたのを踏まえ、〈クレア＝アレック〉もヤヌスとして、まずは片面の〈アレック〉が「宿生木《やどりぎ》」の宿主である「樫」の木の下で性的関係をもって実質的に〈結婚〉し、のちにもう片面の〈クレア〉が新婚のベッドの天蓋を「宿生木」で飾りながらも結ばれることなく形式的に〈結婚〉して（183）、併せて一つの〈聖なる結婚〉（?）をしていたとも言えるだろうが、いずれにせよ「樫」に生える「宿生木《やどりぎ》」がアエネアスを冥界という〈死の世界〉に導くものであったことはすでに見たとおりである。また「櫟」もオウィディウスによれば冥界に至る道沿いに生えて影をつくる木であり（『変身物語』4：430行）、古代ケルト人にとっては「死の木」でもあった

(Vries)。——こうしてみればアレックによるレイプがテスを〈死〉の世界へと導き、テスに〈死〉をもたらしたことになるわけだが、この〈死〉はテスにとって、単に肉体上の乙女としての〈死〉だけでなく、それ以上にテスの人間性そのものを踏みにじり、テスのアイデンティティを引き裂いてそれに〈死〉をもたらしたことの謂というべきで、それを表すのが「第1局面」の最後の文の、テスの「人格(性格)」(personality)と「自身(自我)」(self)への言及である。

> はかりしれないほど深い社会的な裂け目が、わがヒロインのこれ以後の人格(personality)を、トラントリッジの養鶏場で運だめしをするために母のドアを出た日以前の彼女自身(self of hers)から、引き裂くことになったのである。(58)

テスは、運がよければ玉の輿に乗れるという母親の思惑[4]で家の「ドア」を出てから、トラントリッジの〈偽のダーバヴィル〉の屋敷の「小門」をくぐり、仕事で養鶏場の「ドア」を出入りし、〈御狩場〉で追いつめられ、レイプされ、「自身《セルフ》」からその「人格《パーソナリティ》」を引き裂かれ、自己同一性《アイデンティティ》を分裂させられる。(のちのE・H・エリクソン的に言い換えれば、アイデンティティの「拡散」あるいは「混乱」におちいらされたということだろう。)引用文に「社会的な裂け目」(social chasm)とあるのは、この前のところで語り手が、テスのレイプを歴史的・社会的な背景において説明しているためで、これはテスのアイデンティティの分裂が歴史的・社会的な環境に起因することを表すとともに、この「裂け目」はまた、先にも触れたように大地の「裂け目」から馬車に乗って現れ出た冥界の王プルトが、シキリアのヘンナの野で花を摘んでいた少女プロセルピナを略奪し、またその「裂け目」から地下の冥界へ連れ去って行った神話を想起させ、それに重ね合わせつつテスのレイプを説明しているかのようでもある。プロセルピナの冥界降りと、彼女を奪還しようとするケレスの神話を起源とするケレアリアの祭の練り歩きをしながら登場したテスは、ここでまさにそのプロセルピナのように、冥界の王ともいうべきアレックによって〈略奪〉されたのである。またそうであるからこそ、このテスの〈略奪〉には、テスのアイデンティティの〈死〉と同時に、その後のテスの〈回復〉〈復活〉の萌芽を読みとることもできるのである。先に序章で触れたように、プロセルピナの冥界への略奪とケレスによるそこからの奪還は、穀物の種の地中への埋葬とそこからの蘇生と収穫という、死と再生もしくは復活の喩えであり、また黄金に輝く寄生木《やどりぎ》の枝をたずさえたアエネアスの冥界往還も「太陽英雄」の死と再生の喩えであり（Vries）、さらには滅亡したトロイアのイタリアの地における〈ローマ〉としての復活の喩えでもあったからである。したがってこのあとテスは、しばらくのあいだ〈冥界〉にとどまってから〈帰還〉を目指すことになる。

（２）冥界からの帰還を願って

次の「第2局面」が、テスがアレックのもとを去って郷里に向かうところから始まっているのは、この〈冥界〉からの〈帰還〉を表しているが、その旅路にも、ヤヌスの影は色濃く射している。それはまずその局面の始まりの文に見られる。

バスケットは重く、包みは大きかったが、彼女は物にはかくべつ重みを感じない人のように、荷物をさげて行った。ときおり、機械的に門や柱のそばに立ち止まっては休み、それからまた、豊満な腕に荷物をぐいと引っかけて、しっかりした歩調で進んでいった。（60）

この局面の冒頭の文で気がつくのは、先に引いた「第1局面」の最後の文に「ドア」への言及があり、この「第2局面」の最初に「門や柱」への言及があって、そこではヤヌスが――本書のエピグラフに記したヤヌスの（7）の意味で――〈往く年〉と〈来る年〉のあいだに立つように、二つの局面の変わり目に立って両者をつないでいる点である。（この旧年と新年をつなぐヤヌスの役割は、のちのテスとクレアの「大晦日」（１６０）の結婚と、その晩の告白とその後の別離で直接的に見られるが、それについては改めて触れる。）そしてもうひとつ目を引くのは、この帰還するテスが、アレックのレイプによって傷を受けていたにもかかわらず、重い荷物をものともしないところには、肉体的にはむしろ元気発溂としているかに見える点である。これは肉体以上に深く心に傷を受けていたことを逆説的に表すものではあるだろうが。この心の傷とはいうまでもなく、レイプによってアイデンティティを引き裂かれたことであり、それを表すのが、上記の引用文につづく次の、これまたヤヌスの影の色濃く射した箇所である。

十月末のある日曜の朝で、テス・ダービフィールドがトラントリッジに来てから四ヵ月ばかり、夜の〈御狩場〉を馬でさすらってから二、三週間たっていた。夜が明けて間もないころで、背後の地平線上の黄色い輝きは、テスがこれから向かおうとしている尾根を照らしていた。その尾根は、ついさっきまで彼女が余所者として過ごしていた盆地の防壁《バリア》であり、生まれ故郷へ帰るにはどうしても越えなければならなかった。こちら側は登りもゆるく、土壌も景色もブレイクモアの谷とはかなり違っていた。両地域の人々は、曲がりくねって走る鉄道のおかげで融合し合ってはいたものの、性格や訛りさえもすこし違っていた。だから、彼女が一時的に滞在していたトラントリッジからは二〇マイルも離れてなかったのに、彼女の生まれたところは遠いところのように思われた。そこに閉じこめられた農民たちは、北方と西方と商売し、また北方と西方へと旅をし、求婚し、結婚し、

また北方と西方に思いを向けていたが、こちら側の人々は、主にその活力と注意を東と南に向けていた。(58)

ちょうどヤヌスが夜明けに〈天の扉〉を開いて朝の光を射し入れる時刻に、テスは故郷への帰還を目指すのだが、このブレイクモアとトラントリッジは、違った二つの面を持ちながら、たがいに融合し合って一体にもなっているということであるから、ここにも双面一体のヤヌス性が読みとれるだろう。ことに引用文の最後の「北方」と「西方」への執拗と言っていいほどの言及と、「東」と「南」というその反対の面への言及による両面の際だったコントラストの強調は、何よりもヤヌスの、その東西を、あるいは南北を向いた双面性を浮かび上がらせる。その意味でここは、ヤヌスが地理的な表現を得たところであるとも言えるだろう[5]。

この二つの土地のヤヌス性が暗示しているのは、テスのアイデンティティの分裂である。先の〈御狩場〉でのレイプ以後「二、三週間」、アレックとともに〈冥界〉に暮らしたあと、そこを去る時点でテスは、「トラントリッジ」(アレックの愛人生活)と「ブレイクモア」(まだ乙女だったころの生活)とのあいだで引き裂かれて、アイデンティティが分裂状態になっていたのであり――あるいは先に指摘したエリクソン的に言えばアイデンティティの「拡散」または「混乱」の状態におちいっていたのであり、―

――そしてこの状態から回復するためにテスは、いったん故郷に帰って、引用文にもある「テス・ダービフィールド」としての元のアイデンティティを取り戻さなければならない。そのためにはその前に立ちふさがる「防壁《バリア》を越えなければならない」のである。

したがってこの目の前の「尾根」を越えて郷里に帰ったあとも、元のアイデンティティを取り戻すまでは「障壁《バリア》」はつづくことになる。帰郷したテスを迎える周囲の環境は厳しく、見栄っぱりの父親も思惑のはずれた母親も、ヴィクトリア朝時代の堅苦しい道徳律に縛られた世間の人々も、未婚のまま、しかもアレックの子を宿して帰ってきたテスをおいそれとは受け入れず、教会に行っても噂の的になるだけで、どこにも居場所がなくなるのも、その「障壁《バリア》」である。言い換えればテスはまだ「冥界」にいたのであり、さらにエリクソン的に言い換えれば、テスは社会に適応できないアイデンティティの拡散や混乱からの回復を望みながらも、しばし待たねばならない「猶予期間《モラトリアム》」にいたのである。――テスは硬直化したキリスト教を拒否し（62―63）、教会を拒否して（66）、世間の人々との交わりを避け、家族も避けて「森の中」（66）に入り、そこで〈自然〉と一体になることで回復を図ろうとするのだが、その森の中に入ることを語り手は「運動／訓練」（exercise）（66）と言い、それが「障壁」を乗り越えて回復し、モラトリアムからの復帰を目指すための訓練であるかのように表している。またその自然との一体化は、自然の〈神々〉との一体化でもあったかのようである。その神々とは、テスの〈冥界〉への降下がプロセルピナとケレスの神話やディアナ／トリウィアの神話を背景に語られていたように、そこからの帰還も、同様に描かれている。テスが日が暮れてから「森の中」へ入って行くことについては、こういう一節がある。

こうした寂しい丘や谷間では、彼女の滑るようになめらかな姿は、これから向かおうとしている本来の居場所の一部のようになっていた。その人目をしのぶしなやかな姿は、あたりの景色には欠くことのできない一部になっていた。ときどき彼女の奇抜な空想は、周囲の自然のプロセスを、それらが彼女の物語の一部になるところまで強調したものだった。（66—67）

語り手は、テスが世間や家族との交わりを避けて、「森の中」を「本来の居場所」(element) とし、自然と一体化してその「一部」になっていた――つまり自然の「構成要素」(element) になっていたというのだが、こうしたテスの姿からは、まずデメテル（ケレス）の、ペルセポネ（プロセルピナ）を略奪された後、それを黙認したゼウスを「司」とする一族の神々との交わりを避け、エレウシスの神殿に丸一年こもっていた姿が想起される。ケレス (Ceres) 母娘は一体で穀物神／豊穣神として知られており[6]、娘の地下への略奪と母によるそこからの奪還は、〈種蒔き〉と〈収穫〉という合わせて一つの穀物 (cereal)

の生成の「プロセス」を表す神話であり、テスはプロセルピナにもケレスにも重ね合わされていたのである。またそうしてみれば、このあとテスが「小麦畑」(corn-field)(67)に出て刈り取りの手伝いをするのも、故なしとはしないだろう。テスの本名テリーサ(Teresa)とは「収穫者」(harvester)の意でもあるのである[7]。

このようにしてテスが森の中に入り、自然と一体化し、また自然の神々とも一体化しているかに見えるところからは、デメテルが、娘が略奪されたときの悲鳴を聞いていたヘカテ(トリウィア)に会い、そのヘカテに連れられて、その一部始終を天から見おろしていた太陽神ヘリオスに会って慰めを受け、癒されていた神話が想起されよう。ヘカテは魔術を使い、魔術は夜に十字路や三叉路で行われたことから、先にみたように〈十字路の女神〉としてアルテミス(ディアナ)と同一視され、とくにテスが森の中に入る次のところでは〈森の女神〉ディアナでもあればヘカテでもあるかのようである。

……彼女の孤独がもっとも癒されるように思えたのは、森の中にいる、その時だった。光と闇が完全に釣合を保ち、昼間の気兼ねと夜の懸念とを相殺し、絶対的な心の自由を与えてくれる、あの夕暮れのわずかなあいだをとらえる術を、彼女は知っていたのだ。(66)

この森の中でテスを癒してくれていたのは、〈森の女神〉ディアナ（アルテミス）だろうが、ここにはまたディアナの別名で夜に現れるヘカテと、昼に現れるヘリオスも同時に登場しているかのようである。テスが「光と闇が完全に釣合を保」っている時刻を正確にとらえていたとは、ちょうどヘリオスとヘカテがデメテルを慰めていたように、「光」のヘリオスと「闇」のヘカテがちょうど入れ替わるわずかなあいだに両者が現れて、昼間の世間への「気兼ね」と夜間の家族への「懸念」を消し去り、テスの「孤独」を癒し、「絶対的な心の自由」を与え、テスを慰めてその回復を助けてくれていた、というふうにも読めるからである。この傷ついたテスを癒してくれる〈自然〉には、この森と、もうひとつ、大地の象徴である「森」とは対極に位置する「太陽」があったわけだが、この〈太陽神〉としては、時にヘリオスと同一視される、アルテミスの双子神アポロンも登場する。次に見られる太陽神は明らかにアポロンだろう。

八月の、ある靄《もや》の立ちこめる夜明けだった。……

太陽は、靄のために、奇妙に感覚をそなえた人間のような風貌を帯び、これを表すには男性形の代名詞が必要だった。彼の現在の姿は、あたりに人間の姿がまったく見えないのと相俟って、古代の太陽崇拝の意味を一瞬にして説明してくれた。この世でこれほど健全な宗教が支配したことは一度もなかったと思われるほどだった。この光を放つ者は、黄金の髪をし、顔は輝き、優しい目をし

た、神のような生き物で、青年の活力と熱意とをもって、彼への関心で満ちあふれている地上を見おろしていた。(67)

古来ひろく存在した「太陽崇拝」(heliolatries)の対象の「代名詞」は、まずはその語源にもなっている太陽神ヘリオスであり、またヘリオスの別名でもあるギリシアのアポロンだろう。この光を放つ青年神の「黄金の髪」は、その黄金の弓や黄金の矢とともによく知られている。この太陽神が「彼への関心で満ちあふれている地上を見おろしていた」ところには、プロセルピナがプルトに略奪される一部始終を天から「見おろしていた」ヘリオスと、冥界の闇の中にいて光への渇望で「満ちあふれている」プロセルピナとを連想し、そこに、やはり闇の中でレイプされて傷つき、回復への渇望で満ちあふれているテスの姿を重ね合わせて見ることができるだろう。こののち、この「第2局面」の最後でテスは「何か生気《スピリット》が体の中にわき起こってくる」(78)のを感じて、ふたたび旅立ってゆくのである。

この太陽神と森の女神とによって象徴される〈自然〉が、テスを癒し、テスの宗教となり、テスの回復を――そのアイデンティティの分裂状態から立ち直るための「猶予期間《モラトリアム》」からの脱却を――助けてくれたのだが、この〈自然〉がアポロンとアルテミスの双子の兄妹神によって象徴されているところには、〈双子〉がそのエンブレムの一つになっているヤヌスの影が見えるし、ローマではヤヌスもまた〈太陽神〉であったことはすでに見たとおりである。というより、テスが癒されていた場所が〈森の女神〉ディアナ（アルテミス）のいる「森の中」だったところに、すでにヤヌスはいたのである。すでに触れたように J・G・フレイザーによれば、ネミの森の中では、〈森の女神〉ディアナの配偶者としてディアヌス／ヤヌスが、光り輝く〈森の王〉として存在していたからである。あるいはそのためか、テスの〈自然〉の力による回復を、森の女神と太陽神の象徴で語ってきた語り手は、次いで〈太陽神〉でもあれば〈門神〉でもあるヤヌスの影を描写している。

ちょうど東側の生け垣の上の影が、西側の生け垣の中ほどに射すころ、男と少年の一群と、女の一群とが、小道をやってきた。彼らの顔には朝日が当たっていたが、足はまだ夜明けの薄い闇の中だった。彼らは小道から、いちばん近い畑の門の両脇に立つ二本の石の柱のあいだを通って消えていった。（68）

明け方の太陽のほとんど真横からの光線を受けて、顔と足を、光と闇に分けて彩られた農民たちが、一日の仕事のために「畑の門」（field-gate）を通って行くこの〈自然〉に満ちた光景はまた、ヤヌスのイメージで満ちあふれてもいる。東と西の、男と女の、顔と足の、光と闇の〈二重性〉のあわいに立って両者を見つめる双面の門神の影が、文字どおり生け垣に射す光の「影」となってはっきりと見えるだろう。

テスはこのように、さまざまな神々による〈自然〉の力で癒されながら次第に「障壁《バリア》」を乗り越えて立ち直っていき、このあと「昔のダーバヴィル家の領地からさほど遠くないところ」(78)にあるタルボットヘイズという酪農場に働きに行くことになり、テスがこの〈真のダーバヴィル〉に近づくことが、〈テス・ダービフィールド〉から〈テス・ダーバヴィル〉へというアイデンティティの確立に近づいてゆくことにもなるわけだが、ここではまだ回復途上で、次にも見られるように、まだそこまでには至ってない。

それがテス・ダービフィールド、またの名をダーバヴィルの、いくぶん変化した姿——同一人物ではあるが、まだ同一人物ではないものの姿である。(69)

テスが〈真のダーバヴィル〉に近づき、それと一体化して〈テス・ダーバヴィル〉としての、あるいは〈完き女性〉としてのアイデンティティを確立するのは、まだ先である。かつて〈偽のダーバヴィル〉に近づき、レイプされ、〈偽のダーバヴィル〉と合体して〈偽のテス・ダーバヴィル〉になるというアイデンティティの〈死〉を経験したテスが、そのアイデンティティの死から復活するには、双面神〈クレア＝アレック〉のもう一方の面、すなわち〈クレア〉によらねばならない。そして「第3局面」でテスは、タルボットヘイズというエリュシオンの野でもあればエデンの園でもある〈楽園〉で〈天使〉のエンジェル・クレアと出会い、恋に落ち、結婚して回復するかに見えるのだが、その「第3局面」の表題は「回復」(The Rally) とはあるものの、より正確にはそれは「(一時的な) 回復」(*OED*) にすぎず、〈クレア＝アレック〉の一体の部分――すなわち〈身勝手さ《セルフィッシュネス》〉もしくは〈エゴイズム〉によって、テスはまたそのアイデンティティを踏みにじられ、さらなる〈転回点〉をむかえて、最終的には〈クレア＝アレック〉の〈アレック〉の面を抹殺しなければ、つまり〈殺人〉によらなければ回復が達成されないという構造的な悲劇の道をつきすすむことになる。またその「第3局面」が終わるところで語り手は、テスとクレアがいよいよ親密になってゆくことを「宇宙の枢軸」(pivot of the universe)(119)が変わるほどであると言い、ヤヌスに関わる「樫」の属性の「転回点、世界軸、扉」(turning-point, world-axis, and door)(Vries)と重なり合う表現をしているのも、テスの〈クレア＝アレック〉との関係が今後ともヤヌスの影の下につづいてゆくことを表している。

第3章　クレアによるアイデンティティの分裂とヤヌスの影

（1）冥界の楽園エリュシオンの野へ

『テス』の「第2局面」は、テスがアレックのレイプと子どもの死からもかなり立ち直り（子どもの死については後で触れる）、「何か生気《スピリット》が体の中にわき起こってくる」（78）のを感じてふたたび旅立つ決心をするところで終わり、つづいて「第3局面」は、テスが郷里を離れてタルボットヘイズという大きな酪農場へ向かうところから始まっている。それはアレックによるレイプから「二、三年」の「沈黙の再建の年月」（79）――エリクソン的に言えば「猶予期間《モラトリアム》」――を過ごした後のことだが、すでに見たようにアレックのレイプはテスの「自身《セルフ》」からその「人格《パーソナリティ》」を「引き裂く」というもので（58）、換言すればテスのアイデンティティを分裂させ、それに〈死〉をもたらすものであったことから、この旅立ちは、テスがその〈死〉からの〈再生〉を願って〈回復〉を図り、〈復活〉を期するものとなっている。それは先にも見たように、プロセルピナやアエネアスの冥界往還が〈死〉と〈再生〉もしくは〈復活〉の神話であったのと重なり合っているが、そのテスの「わき起こる」「生気」（spirit）はまた、ここではキリストの「霊」（Spirit）の〈復活〉にも重ね合わされている。

そのことは、この「第3局面」の冒頭近くで、テスがタルボットヘイズの平原を一望のもとにする高台にたどり着いたとき、語り手が、眼下を流れるフルーム川について「生命の川」（River of Life）と呼んでいるところに読みとることができる。

フルームの水は、福音書記者に示された清らかな〈生命の川〉のように澄み渡っていた。（80―81）

語り手はこのように述べていて、この「生命の川」には、どうやら聖書の二つの箇所を想起しなければならないようだが、まずは原文にある「福音書記者」（Evangelist）のヨハネによる次の一節である。

祭の終りの大事な日に、イエスは立って、叫んで言われた、「だれでもかわく者は、わたしのところにきて飲むがよい。わたしを信じる者は、聖書に書いてあるとおり、その腹から生ける水が川となって流れ出るであろう」。これは、イエスを信じる人々が受けようとしている御霊をさして言われたのである。すなわち、イエスはまだ栄光を受けておられなかったので、御霊がまだ下っていなかったのである。（「ヨハネ伝福音書」７：37―39）

ここはイエスの「御霊」（Spirit）の復活を予表するところで、川のように流れ出る「生ける水」は、磔刑後復活することになるイエスの霊の喩であると言われている。イエスが言う「聖書」（旧約）におけるこの「水」の先例は、たとえば「詩篇」第36篇の「楽しみの川の水」や、「イザヤ書」第58章の「潤った園のよう」に湧く「水の絶えない泉」などにあるようで、新約ではこれ以降「生ける水」は「命の源」として「霊」を表すことになり、その「生ける水」を飲んで「命の源」を獲得することが、イエスの〈霊の復活〉を信じることの比喩になっているのだが、その〈復活〉が、テスが何よりも望むアイデンティティの〈死〉からの〈復活〉と二重写しにされているのである。つまりここではテスの〈生気《スピリット》の復活〉がイエスの〈霊《スピリット》の復活〉に重ね合わされているわけだが、この〈霊〉(spirit)や〈魂〉(soul)やその〈復活〉の問題は(くわしくは章を改めて述べることになるが)、やはりタルボットヘイズでテスが「私たちの魂(souls)は生きているあいだでも体から抜け出すことができる」(94)と言っている箇所や、「キリストの復活の時刻」に「彼女[テス]は霊のように(ghostly)、あたかも魂(soul)だけになってしまったかのように見えた」(１０２―１０３)という箇所を経て、最後にストーンヘンジでテスがクレアに、互いに死んで「霊」(spirits)となったあと、また会えるかと尋ねるところにまでつながっているのであり(３１１)、その意味でもこの〈霊《スピリット》/生気の復活〉を予表する「生命の川」への言及は見落とすことはできないのである。

このテスが高台から眺め下ろしたフルーム川の水についての形容――「福音書記者に示された清らかな生命の川(pure river of life shown to the Evangelist)のよう」の典拠は、おそらく次に引く「ヨハネによる黙示録」にある。

御使い［エンジェル］はまた、水晶のように輝いているいのちの水の川をわたしに見せてくれた。
(And he [angel] shewed me a pure river of water of life, clear as crystal, . . . [A.V.])
（22：1[1]）

「黙示録」はこの前の第21章でも「いのちの水の泉」（6節）に触れ、22章の最後近くでもその「いのちの水」を飲みに来るよう勧めているところがあり（17節）、それらが、先に引いた同名の「ヨハネ伝」を踏まえていることは見やすいが、ここで興味深いのは、先に見られた〈霊《スピリット》の復活〉が、ここでは「御使い《エンジェル》」によって示されている点で、それはこれからはじまるエンジェル・クレアによるテスの〈復活〉の予表が、たまたまとはいえこの同名のヨハネによる二つの文書から読むことができるからである。

こうしてみると『テス』の語り手は、この二人のヨハネによる二つの文書を踏まえ（二人を同一人物と見る説もある）、そこにおける二つの意味を一つの「生命の川」にこめていることになるので、そこにも双面一体のヤヌス性を見ることができるかもしれない。すなわち同じヨハネから生まれた一つの〈生命の川〉が、〈霊／生気の復活〉と〈御使い／エンジェル・クレアによる黙示〉という二つの意味をになっているからである。いずれにせよ語り手は、この「生命の川」に言及した後でふたたび、それを眺めていた「彼女の生気《スピリット》」は「不思議なぐらいかき立て」られたと記して（81）、これからタルボットへイズで出会うエンジェルとの愛を育ててゆく過程が、テスの〈復活〉につながるものであることを繰り返し予表することになる。

このタルボットへイズへの旅立ちがテスのアイデンティティの〈回復〉もしくは〈復活〉を表すことはまた、そこが「昔のダーバヴィル家の領地」「父祖の土地」（78）に近かったというところからもうかがえる。それはテスが、〈テス・ダービフィールド〉から〈テス・ダーバヴィル〉に近づいて、そのアイデンティティを確立してゆく旅路になっていることと重なり合っているからである。それはまた、先にアレック・ダーバヴィルという名の、成金の父親が没落した貴族の名前を勝手に名乗り、息子もそれを名乗っているだけの〈偽のダーバヴィル〉にレイプされ、むりやり合体させられて、〈偽のテス・ダーバヴィル〉というアイデンティティの〈死〉を経験したテスが、「父祖の土地」という〈真のダーバヴィル〉に近づいて、〈真のテス・ダーバヴィル〉として〈復活〉することでもある。そしてそのタルボットへイズでテスはエンジェル・クレアと出会い、愛を育んでゆくなかで、先に触れた「二つの自身《セルヴズ》」が合体して一つになり、その〈復活〉がなされるかに思えるのだが、その直前にクレアが、その「身勝手さ《セルフィッシュネス》」を剥き出しにして、〈クレア＝アレック〉という双面一体の〈男〉の本性をあらわにするのであり、したがってこのタルボットヘイズでも、ヤヌスはさまざまな形をとりながらつねに登場する。たとえば「第3局面」の冒頭近くで、「今度の旅は最初のとはほとんど正反対の方向だった」（79）とあるように、テスがいたブレイクモアから見ると、アレックのいたトラントリッジと、クレアのいるタルボットヘイズは、ちょうど東と西を向いたヤヌスの双面のような位置関係になっている（第２章注５参照）。テスにとっての〈クレア＝アレック〉の双面性が、この位置関係からも読みとれるわけだが、このことはまた、テスのアイデンティティの回復・確立の旅が、これからもヤヌスの影の下につづくことを意味してもいる。というよりクレアが本格的に登場する「第3局面」からは、〈クレア＝アレック〉というヤヌスの影はいよいよ明瞭になってゆくのである。

たしかにテスがこれから向かうタルボットヘイズには、アレックは登場しないかに見える。暗黒の冥界のようだったトラントリッジとは反対に、タルボットヘイズには光が満ちあふれ、今も見たように〈復活〉を予表する「生命の川」が流れ、皆が「最も幸福」（１０１）に暮らす「天国」（95）のようなところで、そこでテスは、その名も〈天使〉のエンジェル・クレアと出会い、「まるでアダムとイヴのように」（１０２）愛し合い、結婚するのだが、しかしそこにも、たとえばその「生命の川」の名は「ヴァー川あるいはフルーム川」（80）とあるように、ヤヌス的な名前の〈二重性〉を帯びつつ「蛇のようにうねうねと流れていた」（82）。――楽園にも蛇、すなわち悪魔の影は揺曳していたのであり、しかもそこには「リンゴの木」（96、97）も生えていたのである（第5章注5参照）。〈悪魔〉とは言うまでもなく〈天使〉のクレアとは正反対の方向を向いた、双面の片割れのアレックである。ここで、テスがこの酪農場に着いたときに一度、またクレアとの愛を育んでいる真っ最中にもう一度、「青鷺」（heron[s]）が鳴いたとあるのを想起してもいいだろう（82、103）。〈青鷺荘《ヘロンズ》〉が、のちにテスがふたたびアレックの愛人となり、アレックを殺害することになる海浜の洒落た下宿屋の名前であることは、序章で触れたとおりである（第4章でも改めて触れる）。楽園にも悪魔の影が射してのちの悲劇を予表していたのは、エデンの園と同じであり、また前章でも見たようにそのアレックの影は冥界の王プルトの影でもあるため、タルボットヘイズは冥界の楽園〈エリュシオンの野〉とも重なり合うのである。〈ザクロ〉を食べたプロセルピナが一年の半分（あるいは三分の一）は冥界に戻って過ごさなければならなかったように、テスはふたたび冥界に、今度は〈天使〉のいる冥界の楽園に戻ってきた、とも言えるだろう。

タルボットヘイズがエデンの園だけでなく、冥界の楽園エリュシオンの野のイメージとも重なり合っていることは、たとえばこの酪農場の主人のクリックが、ある日市場から馬車を駆って乾燥した土埃を舞上げながら帰ってくるときの、「埃の白いリボン（white ribands）」（117）を舞い上げていたとの記述にも見られるかもしれない。冥界へ降ったアエネアスがようやく亡父アンキセスの霊のいるエリュシオンの野に着いたとき、そこでは人々は皆――「これらの人々は、いずれも髭を雪のよう、白いリボンで巻いている」（6：665―66行）とある。このエリュシオンの野に入れるのは、生前特別の徳を積んだ者だけで、「白いリボン」は聖化された印であり、アンキセスはエリュシオンの野では一種の「監督」の役目を帯びていて、いずれ地上によみがえる霊の数を「確認していた」（同680行）と記されている。一方クリックは、格別聖化されるほどのことをしていたとは書かれてないが、この〈楽園〉では主人――より正しくは「乳しぼりの親方」（master-dairyman）（83）であり、また「タルボットヘイズには居住している地主はいない」（132）とあえて書かれてもいるので、彼は酪農場の所有者ではなく、一種の「監督」の役目を帯びていたと考えれば、両者はますます重なり合って見えてくるだろう。

（2）ふたたびタルタロスへ

本来なら〈楽園〉には出場《でば》のなさそうな〈悪魔〉が、このエリュシオンの野でもあればエデンの園でもあるタルボットヘイズの酪農場に影を見せていたわけだが、この出場《でば》のなさそうなところに姿を現す点は、クレアについても同様のことが言える。テスがまだマーロットの村にいて「知恵の木を食べる前に」（81）、クレアは二人の兄と旅行中たまたまそこを通りかかり、五月祭の踊りをしているテスたちを見て歩みを止めると、「どうするつもりなんだ、エンジェル」（9）と兄に声をかけられて、そこに〈天使〉の影を見せていたからである[2]。また同じ「第1局面」の最後の〈御狩場〉でテスがアレックに犯されるとき、語り手が「テスの守護天使《ガーディアン・エンジェル》はどこにいたのか？」（57）と言っているところも同様だろう。クレアとアレックは相互に、一方が出場《でば》を得て光のあたる役を演ずるとき、他方は常にその影として登場するのであり、この点もまた、二人が決してその双面を合わせることがないのと同様に（第１章１節参照）、二人のヤヌス性をよく示している。

そしてアレックはこのあとも〈影〉としてタルボットヘイズに登場しつづける。しかしそれはクレアとテスが結婚するまで、ではある。それは〈クレア＝アレック〉は双面一体のヤヌスである以上、テスの〈クレア〉との結婚とは、すなわち〈アレック〉との結婚でもあるからで[3]、すでにテスの「肉体的な意味」における「夫」（２８２）の〈アレック〉は、もう一方の面の〈クレア〉と共に式を挙げて名実共に「夫婦」になるために影として式に出て、その後はもはや影であることをやめて堂々とその〈悪魔〉の面を現す。結婚の夜のテスの告白後のクレアの姿にそれが見られるわけだが、そこに至る前に、まずそのアレックの「影」は次のところにはっきりと見ることができるだろう。

――タルボットヘイズの酪農場の「入口」（１３３）でクレアが、「窓から斜めに射す太陽を背中に浴びながら」（同）、テスを抱きしめてプロポーズすると、かつて父親のクレア師を罵倒した「品行の悪い皮肉屋の青年」（１３６）に話がおよび、それがアレックであることを知ってテスは「ひどく絶望的」（同）

になってプロポーズを断ることになる。――アレックの影は、文字どおりクレアにあたる「太陽」の「影」となって現れ出て、テスを絶望的にするのである。この影は、テスとクレアが親密になればなるほど濃くなってゆくが、それはヤヌスの影でもあるために「門」や「入口」や「窓」への言及も増えてゆく。たとえば、その後テスがクレアのプロポーズを受け入れ、結婚直前に二人で買い物に行った先で、かつてテスがトラントリッジでアレックの愛人だったときのことを知っている男と出会うところもそうである。そこではテスの顔を照らす「光」と、「入口」「玄関」「ドア」（３度）「敷居」といったヤヌスを示す語とともに「過去の亡霊」が現れ出てはテスを苦しめる（１６２―６３）。こうした苦しみから逃れるためにテスは、アレックとの過去を告白すべく手紙を書き[4]、クレアの部屋の「ドアの下」に差し入れるが何の反応もなく、それで「開いているドアに立って」「戸口の敷居ぎわに身をかがめ」、「敷居のきわまで敷いてある絨毯の下に」（１６５）その手紙が残っているのを見つけ、とっさに破き、かくして十二月三十一日の大晦日になり、結婚することになるが、それはまさに双面の〈クレア＝アレック〉との結婚にほかならない。教会からの帰り道、語り手が次のように言うのもそれを表している。

たしかに彼女はエンジェル・クレア夫人になったが、その名に値する道徳上の権利を持っているだろうか。より正しくいえばアレクサンダー・ダーバヴィル夫人ではないのか？（１６８）

このように世間の道徳感情とからめて語り手が言うのも、アレックとの愛人関係が先行した今回のクレアとの結婚が、実は〈クレア＝アレック〉との結婚だったことを物語っている。それまでの単なる「アレックの愛人」を正式な「アレクサンダー・ダーバヴィル夫人」に変えたのは、クレアとの結婚式だったのだから、その結婚はやはりアレックとの結婚でもあったことになるからで、したがってこれ以降、その〈妻〉テスに対する〈夫〉〈クレア＝アレック〉は、その本性をあらわにする。なぜなら、アレックも晴れて〈夫〉になったからで、それまで〈天使〉の面しか見せなかったクレアが、結婚後はまさしく〈双面〉の〈クレア＝アレック〉として〈天使〉と〈悪魔〉の二つの面を、そしてその〈一体〉の部分として男の〈身勝手さ〉あるいは〈エゴイズム〉を、さらには女に対する男の〈支配欲〉をむき出しにする（「支配欲」もヤヌスのエンブレムの一つだが、それについては改めて第5章で触れる）。新婚初夜の「告白」のあとのクレアの姿はまさにそれを表している。――新婚の夜、まずクレアが、かつてロンドンでふけった「見知らぬ女との四十八時間の遊蕩」（177）を告白し、許しを求めてそれを得、次いでテスがアレックとの一件を告白して許しを乞うと、それはできないという。

「君は――そう、君は、僕を許してくれた。」

「でも、あなたは、私を許してくれないの？」
「ああ、テス。許すということは、この場合あてはまらないんだ。以前の君は、君だったけど、今の君は別人なんだ。……」（１７９）

こういってクレアは「地獄の笑いのような」（同）笑い声をあげているが、この前にもすでに、揺れる暖炉の火について「小鬼のよう」とか「悪魔のよう」（１７８）と形容され、この告白以後のクレアが、テスにとってはまさに「地獄」の「悪魔」でもある〈クレア＝アレック〉という双面の、しかも自分の婚前の〈汚れ〉は許されて当然だがテスのそれは許せないというはなはだ「身勝手」な一体性を持った〈男〉にほかならないことを表している。ちょうどかつてアレックがテスをレイプして、テスの「自身《セルフ》」から「人格《パーソナリティ》」を引き裂いてアイデンティティに〈死〉をもたらしたように、クレアも「以前の君」と「今の君」とに引き裂き、テスのアイデンティティを分裂させている。このアイデンティティの〈死〉からの〈復活〉をこそ願いながら、クレアの「自身《セルフ》」と自分のそれとの合体を求めていたテスが、その当のクレアによってふたたびそのアイデンティティを引き裂かれ、「殺され」ようとしていたのである。この「地獄の笑い」を聞いたときテスが即座に、「やめて、やめて！　私殺されてしまう――その笑い方！」（１７９）と言っているのも大げさではない。かつて冥界の地獄タルタロスと言うべき〈御狩場〉でアレックにレイプされたテスにとって、このクレアの「地獄の笑い」は、そのときと同様にテスのアイデンティティに〈死〉をもたらすものだったのだから、「殺される」とはその意味では正確な表現だったのである。

テスにとって〈愛〉とは、あるいはその成就としての〈結婚〉は、「自身《セルフ》」と「自身《セルフ》」の合体の謂であって、そこにテスにとってクレアと、単に肉体の合体のみを求めたアレックとの決定的な違いがあったのだが、しかしそのクレアの、テスの「肉体」あるいは「性」に対するこだわりは、実はアレックと大差なかったのである。そのことはすでに教会での結婚式のときに示されていて、結婚式の、「彼に信を誓った法悦的な厳粛さ（ecstatic solemnity）の中で、彼女には普通の性の感覚などは軽薄なものに思えた」（１６７）のに対して――

クレアは彼女が自分を愛していることは知っていた。彼女の身体のあらゆる曲線がそのことを示していた。しかし彼は、そのときは、彼女の献身的な愛の深さ、そのひたむきさ、その従順さは知らなかった。……（１６７）

とあったように、テスの「身体のあらゆる曲線」が示している肉体的な愛なら知っているが、テスの「献身的な愛の深さ」や、さらにはクレアの「自身《セルフ》」を求める精神的な愛の深さは知らないというクレアは、「愛」とは関わりなしにテスの身体に性的な「法悦」（ecstacy）のみを求めてレイプにおよび、その後愛人にしていたアレックと基本的に変わりはないのである。クレアのテスの肉体への拘泥は、ここでは「身体のあらゆる曲線」とやや婉曲的に書かれていたが、それが新婚初夜の告白を聞いたときに、その〈汚れた〉肉体への拘泥としてはっきりしたのである。このようにあくまでも「肉体」に拘泥するクレアに対して、テスはあくまでも「自身《セルフ》」にこだわる。

「私は、エンジェル、あなたが私を愛してくれていると思ったのよ――私を、まさにこの私自身（my very self）を！　あなたが愛してくれるのが本当にこの私であるのなら、ああ、あなた、どうしてそんな顔をしたり、そんな事が言えるの？　私恐ろしくなるわ！　私はあなたを愛しはじめたのだから、私はずっとあなたを愛するわ。何が変わっても、どんな辱めを受けても。だってあなたはあなたなんですもの（because you are yourself）。」（１７９）

こうしたテスの「自身《セルフ》」への思いは、しかしクレアにはまったく理解できず、彼は相変わらずテスの肉体にのみこだわりつづけ、処女だと思っていたかつてのテスと、処女ではない今のテスとを引き裂く。

「もう一度言うけど、僕が愛していた女は君じゃない。」

「じゃあ誰なの？」

「君の姿をした別の女だ。」（１７９）

クレアにとってそれまでのテスは、都会の文明に汚されてない田舎育ちの「〈自然〉の娘」（９５）であり、農場経営者を目指す男の妻として「農場の管理のことをよく心得ている女」（１３４）であり、そしてヴィーナス[5]のように性的魅力をもちながら、しかも都会ずれしてない「田舎の処女《イノセンス》」（１８６）だった。それが最後の一点でつまずいたわけだが、要するにクレアはいかにも「身勝手《セルフィッシュ》」な男らしく、テスに男の自分に都合のいいところだけを見ていたわけで、そのあるがままの姿（アイデンティティ）あるいはその「自身《セルフ》」を見ていたわけではなく、またその「〈自然〉の娘」（daughter of Nature）にしたところで、テスの〈本来の姿／本質〉（nature）を見ていたわけではなかったのである。それを端的に表すのが、テスが〈ダーバヴィル〉であることの意味がまるで分かってなかったことだろう。もともと旧家嫌いのクレアが、テスがダーバヴィル家という旧家の末裔であることを知って大いに喜んだのは（１

４８―４９）、ただの乳しぼり女と結婚したのではないことを自分の家族に自慢するための「切り札」（１６５）になると考えたためで、所詮その程度であるから、テスの告白を聞いたあとは、テスの処女喪失も「老衰した一族」の「老衰した意志と老衰した行動」（１８２）の結果と決めつけてはばからない。

ここで、テスが一度はアレックのレイプによって引き裂かれたアイデンティティを、ようやくクレアによって確立する直前まで回復していたことを見ておく必要がある。テスが「昔のダーバヴィル家の領地」の近くのタルボットヘイズに来たことで、象徴的には〈テス・ダービフィールド〉から〈テス・ダーバヴィル〉に近づいたことは先に触れたが、その後クレアと愛し合うようになったテスは、クレアと二人で数マイル離れた駅まで馬車で行ったとき、途中で先祖のダーバヴィルの屋敷の廃虚を見て、自分がダーバヴィルの末裔であると告げると（上に述べた理由で）喜ばれ、旧家嫌いのクレアにも〈テス・ダーバヴィル〉としての自分を受け入れてもらえることが分かり、プロポーズに応諾し（１４９）、さらにクレアのはからいで新婚の数日を過ごすために借りた家が昔の「ダーバヴィル一族の分家の屋敷」（１６０）だったとあるように、テスはクレアによって〈ダーバヴィル〉にさらに一歩近づき、いわば最後の仕上げとしてその屋敷で新婚初夜をむかえ、「あるがままの自分」（１６４）を受け入れてもらい、〈エンジェル・クレア夫人〉にして〈テス・ダーバヴィル〉というアイデンティティを確立する直前まできていた。しかしそのとき、そのクレアによってふたたび引き裂かれたのである。クレアが繰り返し〈今のテス〉から〈以前のテス〉を引き裂いて、それを「別の女」だと言うのを聞きながら、テスは呆然とその「別の女」の姿を第三者のように想い浮かべ、同様にクレアを、もはや互いに「自身《セルフ》」を共有し合うこともなくなったことを確認してから、別人として三人称で呼んで次のように言う。

「私はもうあなたのものじゃない——そういうことなのね、エンジェル?」と力なく尋ねた。「私じゃないんですって、あの人が愛していたのは、私に似た別の女の人だったんですって、あの人はそう言ってる。」

するとその別の女の姿が目に浮かんで、むごく扱われた者としての自分自身(herself as one who was ill-used)を哀れに思った。自分の置かれている立場をさらに考えると目に涙がいっぱいになり、うしろを向いて、自分に同情して激しく涙を流した。(179—80)

テスにとっては互いの「自身《セルフ》」を合体させ、互いに互いを共有しあってこその〈愛〉であったのが、その互いの間をクレアに引き裂かれて、また同一の自分であるのに「その女」と「自分」とに引き裂かれ、文字どおり「自己同一性」を引き裂かれて、そのむごくもずたずたにされた「自分自身」を別人として眺めては、その自分に同情し、憐れむ——それが今のテスの「自分の置かれている立場」である。この直前でクレアは、呆然としているテスを見て「きみは気分が悪い(ill)んだよ、そうなるのも当然(natural)だけど」（１７９）と言っているが、これはテスが誰によって「むごく扱われた」(ill-used)のかを表していると同時に、そうなったのはテスの性質(nature)のせいであるとするクレアの無自覚ぶりを表してもいる。先にクレアの「地獄の笑い」がテスを殺そうとしているのを見たが、またこのあとクレアが去り、本当にテスがクレアの「自身《セルフ》」を失ったとき、テスは「半ば死んだ」(half-dead)（１９９）状態に陥るのであり、こうしてふたたび、今度はクレアによってアイデンティティの〈死〉を経験させられるのである。

かくしてテスは、クレアとアレックによって一度ずつそのアイデンティティの〈死〉を迎えるのだが、これが――アリストテレスの悲劇論的に言えば――その双面性が〈男全体〉を象徴する〈クレア＝アレック〉と〈女全体〉を象徴するテスとの、関係性の悲劇の主人公の「受難」（第11章）になるわけだが、そしてこれ以降「終局《カタストロフィ》」をめざして悲劇は進行するのだが、そのプロットの中心は、当然のことながらテスのアイデンティティの〈復活〉で、具体的にはテスと〈クレア＝アレック〉との「自身《セルフ》」をめぐる〈愛〉と〈憎〉の劇で、それにはまずテスとクレアの〈愛〉がこの告白後も変わらないことが示されねばならず、それを表すのがクレアの「真夜中過ぎ」（１９３）の「夢遊」(sleep-walking)（１９５）である。

もともとクレアに夢遊病の気があることは前に述べられていたが（120）、それはここにいたる伏線と言えて、クレアはここで、夢遊状態でテスを「死んだ妻」（194）として抱いて近くの僧院の石棺に入れている。汚れた妻は死んで浄化され、以前の清らかなテスとなってよみがえり、前にテスと他の乳しぼりの娘たちを抱いて水たまりを渡ったときのように感じている（112以下）。テスはそのとき、クレアの頑迷固陋な心の中の「固い論理の層」（189）のさらに下の〈深層〉に変わらぬ〈愛〉を見て、いつかはエンジェルが帰ってくるのを信じて、それまでは彼の「自身《セルフ》」の〈不在〉に耐えようと決心する。

語り手は夢遊状態のクレアについて語り終える少し前に、テスがクレアを宿所に連れ帰すために眠りながら歩かせようとささやくと、その言葉によってクレアの「夢」は「新たな局面」に入り、「彼女は霊《スピリット》としてよみがえり、彼を天国へ導いていると夢想していた」と言っている（196）。これは本章の冒頭でも触れたように、テスのその後の〈復活〉を（また後で触れるクレアの〈復活〉も併せて）くりかえし予表するものだが、これも二人の〈愛〉が変わらぬことを別の角度から説明するものだろう。――より正確には、アエネアスの冥界からの帰還を背景に、クレアの「夢」が「真実」で、そのとおりに実現することをあらかじめ表すものである、と言っていいだろう。それというのも、アエネアスがエリュシオンの野で父と別れてそこを去るとき、「〈眠り〉の二つの門」への言及があり、一つは〈真実の夢〉が通る

「角の門」で、もう一つは〈偽の夢〉が通る「象牙の門」であり（『アエネイス』６：８９３―９６行）、古代ローマでは「真夜中前の夢は偽で、真夜中過ぎの夢は真実」と言われていて、またそれを受けて後にイギリスでは「朝の夢は正夢」とのことわざができているほどなので（Vries）、それにしたがえばクレアの「真夜中過ぎ」の夢は「真実」となり、その夢の実現は、いわば約束されていることになるからである。二人の〈愛〉がその後も変わらずに、またいずれ二人が〈霊《スピリット》の復活〉を果たすことになるのも（後述）、言うならばすでに約束されていたのである。翌朝迎えの馬車が来て、テスがいよいよクレアと別れるとき次のように語られているのも、このことを表わしている。

> ……彼女はこの馬車を見て、いよいよ最後が近づいたことを知った。少なくとも一時的な最後の。というのは、前夜の出来事によって彼の優しさが分かり、ひょっとすると将来彼と一緒になれるかもしれないという夢を抱かせたからである。（１９７）

別れは「一時的」であって、テスの夢もクレアの夢も実現することになるのだが、しかしそのとき悲劇は「頂点《クライマックス》」を迎えるのである。

第４章　悲劇の構造としてのヤヌス

（1）プルトの王国にて

先に「第1局面」と「第2局面」をつなぐいわば仲介者としてのヤヌスの影を見たが、今度はタルボットへイズの局面と次のフリントコム-アッシュの局面をつなぐものとしてのヤヌスの影が、十二月三十一日の結婚とそれにつづく別離において、さらにはっきりと見ることができる。その双面で門の前後を同時に見張るように、ヤヌスが〈往く年〉と〈来る年〉のあいだに立って両者を見張り、両者をつなぐ役割をはたす神であることはエピグラフに掲げたとおりである。結婚直前のテスとクレアが買い物先でテスの過去を知っている男に出会ったのは「クリスマス・イヴ」（162）で、そのとき門神ヤヌスのエンブレムである「ドア」や「入口」や「敷居」への言及が少なからずあったことは先に見たとおりだが、年が明けて数日後、テスがクレアと別れて一人で郷里へ帰って行くときは、途中で〈門番〉が登場する。

彼女は村へ行く街道に立っている通行税取り立て門（turnpike-gate）のところに来た。門は見知らぬ男によってさっと開け放たれた。その男は、長年その門を守ってきた、テスをよく知っている老人ではなかった。恐らくその老人は、そうした交代が行われる元日にここを発っていたのだろう。（199―200）

要するにこれは、クリスマス・イヴから、大晦日の結婚とその夜の告白を中心にして、その後の数日を〈門神〉が見張っている格好だが、ヤヌス自身はすでにそこを出発しているかのようである。今までもテスの旅路に同行して「テスをよく知っている老人」のヤヌスは、これからはじまるテスの再度の〈復活〉の旅に同行するために、そこでの門番の仕事は後任にまかせて、「元日」という〈ヤヌスの月〉を最も特徴づける日に、ヤヌスこそテスの〈神々の司〉であることを示唆しつつ、そこを出発していた、とも読めるからである。だから、この後任の新しい門番が、テスの一家はだいぶ前に没落した旧家であるとの話は聞いていて、それを「ローマ人の頃に破産した」（２００）と言っているのも、べつに違和感なく聞こえてくるだろう。それはいかにも古代ローマの門神ヤヌスの後継者にふさわしい的確かつ示唆的な表現なので、なるほど時代考証的にはこの門番の言うことは時代錯誤もはなはだしいが[1]、それはむしろ撞着語法的《オクシモロニック》に〈正しい時代錯誤〉と言うべきで、この「元日」と「ローマ人」と「門番」への言及が暗示するものは、まさに「一月」（January）の語源となったローマの門神ヤヌスの姿そのものなのである。

そしてこの先もヤヌスはテスの旅路に同行し、まずはテスが両親のいる自宅に向かうところに現れる。すなわちその「懐かしいドア」に向かい、庭の「裏木戸」のそばの「戸口」で母親に会い、「ドアの中」に入り（２００）、そこでジョンとジョーンという一字違いの同名のヤヌス的な両親から、そこが自分の居場所ではないのを知らされる（２０２―２０３）。――というより今のテスにとって両親の許に居場所を求めることは、いまだ〈テス・ダーバヴィル〉としてのアイデンティティを確立してはいないにしても、元の〈テス・ダービフィールド〉に逆戻りすることに他ならず[2]、数日でそこを去り、居場所を求めて転々として、ついにはフリントコム‐アッシュの農場にまで落ちてゆく。ちょうどプロメテウスにとって鎖で縛り上げられたカウカソスの山も自分の居場所ではなく、ついにはタルタロスにまで落とされて行ったように。あるいはまた、一度は冥界から帰還して〈懐かしい〉母ケレスの許に帰ってきたプロセルピナが、冥界でザクロを食べてしまったために一年の半分（または三分の一）はそこに戻ってプルトと共に暮らさなければならなかったように、テスもふたたび〈冥界〉に戻ってきた、とも言えるだろう。

それというのも、フリントコム‐アッシュ（Flintcomb-Ash）は、その名のとおり白亜質の白く固い「火打ち石《フリント》」（二二三）が散在する、ローマの地下墓所（catacomb）もかくやと想わせる荒寥寂寞とした痩せ地で、その名も「プルトの主人」（Plutonic master）（２５６）と呼ばれる巨大な脱穀機のそばには一本の「とねりこ《アッシュ》」（２５５）の木が生えている、まさしくプルトが「主人」として支配する地下の冥界の地獄タルタロスに他ならないからである[3]。プロセルピナが戻ってこなければならず、プロメテウスが落とされてきた、またアエネアスが目撃する「堅固な金剛石の柱の上に立つ巨大な門」（６：５５２）のある冥界の地獄だが、その「巨大な門」のそばに座していたのが、復讐の三女神の一柱ティシポネであり、そのティシポネと重なり合うカー・ダーチがこのフリントコム-アッシュにふたたび現れているのも（２２７）、ここがテスにとってアレックにレイプされた〈御狩場〉と地続き[4]の、冥界の地獄タルタロスであることを表している（本書第2章1節参照）。

しかも季節は冬で、常夏の〈楽園〉もしくは〈天国〉のようなタルボットヘイズから一転してこの寒風吹きすさぶ荒漠としたフリントコム-アッシュに落ちてきて、翌春の「旧暦の告知節」までここで働かねばならないという「契約」で縛られたテス[5]は（２２３）、ちょうどプロメテウスのように動くに動けず、荒地にわずかに生える蕪を熊手で掘り起こす重労働に「奴隷」（２２５）のように黙々と従事する。テスにはこうした過酷な重労働もさることながら、それ以上にクレアの「自身《セルフ》」の〈不在〉がこたえているが、またそうなる運命をクレアがくだした「罰」（１９９、２６４）と受けとめて耐えているが、その罰は、くだした当のクレアの「身勝手さ《セルフィッシュネス》」を考えれば、やはりあの残酷で横暴な〈神々の司〉がプロメテウスを縛り上げて毎日（アイスキュロスでは隔日）大鷲にその肝臓をついばませたあげくタルタロスに落とした過重な罰が連想されよう。そしてのちに、〈神々の司〉が自分の将来の地位に関わる秘密を教えてもらった代わりにプロメテウスを解放すべくヘラクレスを送ったように、契約で縛られたテスをその「罰」から解き放つべく一人の男が「門のそばを通って」（２５７）やってくる。それが、門神の片面のアレックである。

双面の〈クレア＝アレック〉の片面で、クレアとは正反対の方向を向いたアレックは、クレアが最初に牧歌的で〈楽園〉のようなマーロットの村でテスに出会えば、アレックは〈地獄〉のようなトラントリッジでテスに出会い、その後クレアがもう一つの〈楽園〉タルボットヘイズでテスと再会すれば、アレックはもう一つの〈地獄〉フリントコム-アッシュに現れ、クレアが罰をくだせば解放し、クレアが不在なら顕在し、クレアがテスを放置すれば彼女を自分のものにする。——常に逆方向を向いた双面神たる所以であり、アレックの〈顕在〉は、クレアの〈不在〉の関数になっている。またアレック自身は、クレアと同様に、〈クレア＝アレック〉として、すなわち〈天使〉と〈悪魔〉の二つの面／性格《キャラクター》に分裂したアイデンティティの持ち主（あるいはクリックのように「二重人格者《ダブル・キャラクター》」）でもあるから、〈悪魔〉として残酷にテスをレイプすることもあれば、〈天使〉として親切に窮状を救うこともある。むろんその点はクレアも同じで、〈天使〉としてテスを優しく愛することもあれば、〈悪魔〉として冷酷に棄て去ることもある。一方、テスにとってのクレアとアレックは、愛情と憎悪、尊敬と軽蔑、聖性と獣性、受容と拒絶、快と不快、といった対立するヤヌスの〈二重性〉をになう存在であるから、テスがどんな苦境に置かれても、そしてアレックがどれほど優しく救いの手を差し伸べてくれても、テスがアレックに感じるのは、憎悪と軽蔑と獣性と拒絶と不快といった否定的な面ばかりである。

こうしたテスの双方への態度は一貫しており、たとえばクレアがテスと別れたあと、ブラジル行きにイズ・ヒュエットを誘ったことが分かった後も、動揺はあったもののクレアへの愛情はまったく変わらないし、また一方、テスの父親の死後実家が経済的に立ち行かなくなり、借家を追い出されて家族が路頭に迷い、テスがアレックの援助を受け入れてふたたびその愛人になった後も、アレックへの憎悪は変わらない。なるほどこのときは、アレックを拒絶しきれずにその獣性の犠牲になったわけだが、それでも憎悪と軽蔑に変わりはない。たとえばのちに〈青鷺荘《ヘロンズ》〉でクレアに再会したテスは「今は彼が憎い」（２９９）と言っているのも、その一端を表すものである。テスのこうしたアレックへの一貫した激しい嫌悪は、その〈悪魔〉との合体が、あるいは〈偽のダーバヴィル〉との合体が、〈偽のテス・ダーバヴィル〉という文字どおりのアイデンティティの崩壊・喪失・死を意味するからに他ならない。逆にテスがクレアを愛しつづけるのは、テスのアイデンティティの回復・復活・確立は〈天使〉のエンジェル・クレアとの――クレアの「自身《セルフ》」との――合体によらねばならないからで、だからこそテスにはそのクレアの「自身《セルフ》」の〈不在〉がこたえ、〈帰還〉を願うのである。

わたしの願いは天にも地にもただひとつ、あなたに、わたしの大事なあなたに会いたいということだけ！　帰って来て――帰って来て、そして、わたしを脅かしているものから、わたしを救ってください！　（２６５―６６）

このブラジルにいるクレアへの手紙の「わたしを脅かすもの」とは、アレックが〈顕在〉し、つきまとい、執拗に〈偽のダーバヴィル〉との合体をせまること、すなわちテスのアイデンティティを〈死〉に至らしめる恐怖であり、それがクレアの〈不在〉と裏腹になっている。テスはこの手紙の前の方で、クレアがすぐに帰って来てくれないと「死ななければならない」（２６４）と訴えているが、アレックとの合体がアイデンティティの〈死〉を意味することは、のちに〈青鷺荘《ヘロンズ》〉で、遅すぎた再会を果した際のクレアの目に映ったテスの姿が「流れに浮かぶ死体のようだった」（２９９）というところにつながっている。ふたたびアレックの愛人となり、〈偽のダーバヴィル〉と合体し、〈偽のテス・ダーバヴィル〉というアイデンティティを喪失した「死体」となって、テスは流れに身を任せてただようことになるのである。

こうしたテスがふたたびよみがえるには、あくまでも〈天使＝クレア〉によらねばならないが、しかしその肝心のクレアは、ブラジルで辛酸をなめたり反省したりして多少は変わったものの、〈エンジェル・クレア〉として十全なアイデンティティを確立しているとは到底いえない状態で帰ってくる。クレアが双面の〈クレア＝アレック〉であることをやめ、単面の〈エンジェル・クレア〉となり、テスをアイデンティティの〈死〉から救出するには、その〈アレック〉の面を抹殺しなければならないが、当人にそれができない以上、テスが自分でやるほかはない。テスのアレック殺害は必至なのであり、あとはクレアの

「遅すぎる」帰還を待つばかりなのである。

（２）〈青鷺〉の町アルデアにて

クレアはブラジルで相当の苦労をし、「精神的に十年ほど歳をとった」（２６７）が、だからといってそれだけ成長したわけではない。目立った成長は、「今や道徳の古い評価を疑いはじめ」（２６７）、テスが結婚したとき処女でなかったことへのこだわりがなくなったことぐらいである（２６８）。しかもそれは、現地で知り合ったある「コスモポリタンな心」（２６８）を持った男のアドヴァイスをいれて、クレアがその頑なな心を開いたので、みずからの内発的な反省によって掴みとったものではない。自分の〈不在〉がどれほどテスを苦しめたかについての思いやりもなければ、いわんや自分の〈身勝手さ〉〈エゴイズム〉への反省はまったくない。そのあたりの記述（第49章）は必ずしも明解ではないが、クレアがテスの許へ帰ろうとするのは、簡単にいえばその処女性へのこだわりが消えたのと、旧家の末裔としてのテスの顔の「威厳のきらめき」（２６９）を思い出したからで、この点もクレアは、双面の片割れのアレックの場合と相似形をなしている。アレックは最初にテスを失ってからは、前非を悔いて改心し、牧師であるクレアの父の教えを受けて説教師になり、それまでの自堕落な生活を改めて多少は道徳的になったようだが、テスと再会してその美しい顔を見ると、またぞろ昔を思い出しては執拗にテスを追い求め、自分の〈顕在〉がどれほどテスを苦しめるかについての思いやりもなければ、いわんや自分の〈身勝手さ〉〈エゴイズム〉への反省はまったくない。――要するにこの二人は依然として〈クレア＝アレック〉なので、その双面一体性に何ら変わりはないのである。

この〈一体性〉の部分、すなわち〈身勝手さ〉〈エゴイズム〉は、帰国してからのクレアについても、さまざまな形で見ることができる。それはたとえば、細かなところでは、留守中自宅に着いていたテスの手紙を読んで、「……自分に対する最近のもっと手厳しい意見のことなどもはや信じないで」（２９２）云々とあるように、〈自分に都合の悪いことは信じない〉ところにも見られるが、とくにテスの〈名前〉について錯覚しているところは、語り手は実に興味深い、手の込んだ語り方をしている。たとえばクレアはテスを探しにまずフリントコム‐アッシュに出かけて行き、そこでは「テス」の名前では知られていたものの「クレア夫人」という名前は誰も知らなかったことに「意気消沈」（２９３）したというのだが、テスを放置してさんざん苦しめておきながらなお「クレア夫人」を名乗ることを期待していた脳天気ぶりは、後述するようにもう一度繰り返されるが、そうした〈身勝手さ〉への無反省は、クレアの鈍感さ、愚かさ、おめでたさの表れとして、このあとシェイクスピアを援用しながら〈間接的〉に指摘される。次のように――

クレアはその後テスの郷里のマーロットへ探しに行き、テスの一家が追い出されたあとの家に住んでいる新しい住人に会うが、その一家について語り手は、「自分自身の営みには多大な関心を払い」、「自分自身の関心事を最重要に考えながら菜園の小道を歩き回る」（２９４）人々であると言い、こうした連中の歴史などは「白痴の語る物語」（２９４）にすぎず、さらには「先住者の名前の記憶すら薄れかけている珍しい愚か者ども《イノセンツ》」（２９４）と口をきわめて罵っている。――この人々はここでたった一度言及されているだけで、後にも先にもここしか出場《でば》はないのだが、またそうであればこそ、この「白痴の語る物語」というマクベスの有名な独白（５：５：26―27行）を引用しながらの罵倒からは、おのずとその直前の、「自分の［出場《でば》の］ときだけ、舞台の上で気取って歩いたり苛立ったりする、哀れな役者、歩き回る影」という上の句が浮かんでくるだろう（同24―25行）。またそうするとこの「歩き回る影」は、ブラジルから病み上がりのやつれ果てた状態で帰国したクレアの、日没の真横からの「光を背にした姿」（２８９）――つまり〈影〉としてこの悲劇の舞台に再登場して、すぐにテスを探しにフリントコム-アッシュやマーロットを「歩き回る」、「哀れな役者」の姿と重なり合って見えてくるだろう。というよりこの『マクベス』への言及は、その一度しか出場《でば》のない新しい住人に仮託して〈間接的〉に語られたクレアの、テスの「名前の記憶すら薄れかけた珍しい愚か者」ぶりと、その「自分自身の関心事を最重要に考える」エゴイズム、身勝手さを、「響きと怒りで満ちあふれた白痴の語る物語」として強調するところに力点が置かれていたと言っていいのである〈タルボットヘイズで乳しぼり娘たちがクレアについて、「自分自身の思いにとらわれすぎて女の子には気がつかない」（88）と言っていた、〈他者〉としての「女の子」が見えないクレアのエゴイスティックな面を衝いた先に第1章でも引いた箇所をここでもう一度想起してもいいだろう〉。

　事実、このテスの「名前」についての錯覚はさらに、テスのアイデンティティがまるで分かってないクレアの愚かさ《イノセンス》、鈍感さ、おめでたさ、脳天気ぶりの喩として、この後もつづくのである。テスの母親からテスがサンドボーンに住んでいることを聞きだしたクレアは、そこの郵便局でまたもや、前述のように「クレア夫人」の住所を尋ね、だれも知らず、「じゃあミス・ダービフィールドは？」と聞いても分からず、「ダービフィールドという名前は知らないが、〈青鷺荘《ヘロンズ》〉にダーバヴィルという人がいますよ」と言われてようやく住所を知る（２９７）。このあと〈青鷺荘《ヘロンズ》〉を訪ね、「テリーサ・ダーバヴィル、あるいはダービフィールドは在宅ですか」と尋ね、「ダーバヴィル夫人ですか」と聞き返されて「そうです」と答える（２９７）。今のテスのありよう（アイデンティティ）は、先にも見たように〈偽のダーバヴィル〉と合体した〈偽のテス・ダーバヴィル〉であるから、クレアの言ったテスの〈名前〉はことごとく間違っている。（いま「そうです」と答えた名前も、〈真のダーバヴィル夫人〉と間違えているのだし、「テリーサ」は本名のようではあるがテス自身はまったく使ってないので主体的なアイデンティティを表すものとは言いがたい。）クレアは〈自分に都合の悪いことは信じない〉以上、こういうおめでたい錯覚をするわけだが、しかしすぐにそのツケは回ってくる。テスの今のありようを知らされ、「遅すぎた」（２９８）とテスに言われて、「ああ――僕の過失だ！」（２９９）と嘆く羽目になる。

（経済的に縛られて〈青鷺荘《ヘロンズ》〉に囚われ、憎悪するアレックの愛人になっていることをレイプされつづけている状態とみれば、テスの夫クレアに対する「遅すぎた」という台詞は、先に序章2節でも指摘したように、レイプされたルクレティア／ルークリースが、ようやく〈青鷺〉の意のアルデアの町から帰還してきた夫に言った「遅すぎた」というシェイクスピアによる台詞とますます響き合って聞こえてくるだろう。また、ルクレティアの頃よりはるか昔、イタリアに新トロイアとしてのちのローマを建設しようとするアエネアスが、最後にそのアルデアの帰趨をめぐってトゥルヌスと一騎打ちにおよび、勝利してその町を焼き払うと、その廃墟から、その町の名を負う一羽の痩せた「青鷺」が飛び立ち、その翼を羽ばたいてみずからの弔いの歌を歌ったと、オウィディウスは記しているが、その廃墟となったアルデアを、ある英訳は「囚われの都」(captured city) とし、また別の英訳は「崩壊した町」(ruined town) としているのも[6]、〈青鷺荘《ヘロンズ》〉に「囚われ」、「辱めを受け」(ruined) つづけていたテスの状況を表す表現として奇しくも重なり合っている〔『変身物語』14：５７４―８０行〕。）

こういうクレアでも、〈青鷺荘《ヘロンズ》〉を訪れて「ドア」のところで名前を訊かれたとき、「エンジェルです」

（２９７）と答え、苗字かと訊き返されて、洗礼名だがそれで彼女には分かるはずだと答えている。これは一面では、当のクレアにしてみればそれでテスに分かればいいのだから格別おかしな答え方ではないのかもしれないが、またわれわれ読者にはいまだ〈クレア＝アレック〉に他ならず、とても〈天使〉と言えないエンジェルが自分のアイデンティティにも鈍感であることを表わしてもいるが、もう一面では、これはテスにとって、遅すぎはしたものの、待ちに待った〈天使〉の帰還を表わすものでもある。それによってテスがよみがえることができる〈天使《エンジェル》〉がついに帰ってきたのである。

この〈青鷺荘《ヘロンズ》〉でもクレアとアレックは、常に逆方向を向いたヤヌスであるから決して顔を合わせることはないが（第１章１節参照）、同様にテスにとってクレアとアレックの共存もありえない。つねに一方の〈顕在〉は他方の〈不在〉の関数になっていることは、あるいはまた、一方に〈光〉が当たるときは他方は〈影〉になるほかないことは、すでに見たとおりである。したがって〈天使〉が帰ってきた以上〈悪魔〉は消えなければならず、しかも〈天使＝クレア〉が依然として〈クレア＝アレック〉のままであるとすれば、テスは、その〈不在〉であるべき〈悪魔＝アレック〉を抹殺しなければならない。テスが「流れに浮かぶ死体」からよみがえり、復活するためには、自分でアレックを殺さなければならず、クレアの「遅すぎた」帰還によってようやくその機会が訪れ、殺人はその直後に実行されるのである。

このようにして「死体」からよみがえるためにアレックを殺害したテスは、だから、その後はじつに生き生きとしている。殺人を犯した罪の意識はほとんどないどころか[7]、「ついに満足」し、「幸せで涙をながして」いる（３０４）。テスはエンジェルの〈帰還〉と〈顕在〉と、その「自身《セルフ》」との合体によってようやく「流れに浮かぶ死体」からよみがえり、復活し、はれて〈エンジェル・クレア夫人〉となり、さらに〈真のテス・ダーバヴィル〉になろうとしていたのである。一方クレアも、テスのアレック殺害を聞いて、「なに――自分でやったの（bodily）？　彼は死んだの？」（３０４）と、「自分で」と「肉体的に（な）」の両義的な"bodily"の語を使いながら、テスが「自分で」、「肉体的な意味における……夫」（２８２）を殺したことを、あるいは〈双面一体〉の〈片面〉の死を確認し、クレアはもはや双面の〈クレア＝アレック〉ではなく単面の〈エンジェル・クレア〉となり、「彼女にとって、彼は昔どおり、肉体的にも精神的にもまったく完全そのもの」（３０４、傍点筆者）に回復する。テスがその殺人を、「あなたのためにも、私のためにも、そうしなければすまなかった」（３０３）と言っているのも、二人がそれぞれのアイデンティティを回復するためには、まずテスが「自分で」クレアの〈アレック〉の面を抹殺しなければならなかった事情を表している。

　しかしこのクレアの〈回復〉は、今傍点を付したようにあくまでも「彼女にとって」の回復で、クレア自身はテスのアレック殺害という〈他力〉によって回復したのであり、自分の力で掴みとったわけではない。またクレアは、双面の〈クレア＝アレック〉のまま片面を殺されたわけで、つまり〈クレア〉と

〈アレック〉が未分化で〈一体〉のまま片面を「肉体的に」殺されたわけであるから、その点でクレアは、半ば死んだ状態に陥ってもいるのである。それはちょうどテスが、クレアと結婚して二人の「自身《セルフ》」が一つになった直後、別離のためクレアの「自身《セルフ》」を失って「半ば死んだ」（199）状態に陥ったのと同じである。〈クレア＝アレック〉のアレックを射し貫いたナイフの切っ先は〈一体〉の部分を通じてクレアにまで達し、クレアを「半ば死んだ」状態にしていた、とも言えるだろう。

だから、アレックが死んだあとのクレアは生彩を欠き、その影はきわめて薄い。自力で〈クレア〉を取り戻して溌剌としているテスとは違って、半死状態のクレアは、このあとはただテスの最終的なアイデンティティの〈復活〉を支えるいわば黒子の役割を果たすのが精々である。そしてその役割として、クレアはテスをストーンヘンジという異教徒《ヒーザン》の神殿に導き、最終的な〈テス・ダーバヴィル〉としてのアイデンティティの確立に協力することになる。この異教徒の神殿跡で、テスは「私は今故郷にいる」（311）と言いながら石の祭壇の上に横たわり、先祖と一体化して安息の眠りに落ちる[8]。異教徒《ヒーザン／ペイガン》の神殿跡で、サー・ペイガン・ダーバヴィルの末裔のテスが初めて〈真のテス・ダーバヴィル〉としてのアイデンティティを確認するのである。

そしてこのあとテスは、今度はクレアのアイデンティティの回復・復活・確立に協力することになる、と言っていいだろう。「私は今故郷にいる」と言ってみずからのアイデンティティを確認した直後、テスがクレアにやや唐突に、自分が死んだあと妹のライザ-ルーと結婚してほしいとすすめているのは、恐らくその意味である。この「とても善良で、素朴で、清純で」（３１１）、テスの「悪いところは持たず、一番いいところをすべて持っている」（同）という妹をクレアと結婚させたがるのは、テスが言うように、三人が死んだあと「霊《スピリッツ》」となって妹とクレアを「喜んで分け合える」からでもあるだろうし（同）、またそうすれば「死もわたしたちを引き裂くことはないように思える」からでもあるだろうが（同）、まずその前にクレアには、その「半ば死んだ」状態から立ち直ってもらわなければならない。テスはこのすぐ後で、クレアに、死んだ後も会えるかと訊いているが、それは今も見たように「霊《スピリット》」となってもクレアと会って互いの「自身《セルフ》」を共有し合いたいためだが、そのためにもクレアの「自身《セルフ》」にはその〈死〉から〈復活〉してもらわなければならないはずだからである。ちょうどテスがエンジェルのおかげでよみがえり――つまりクレアの「自身《セルフ》」との合体によってそのアイデンティティの〈死〉からの〈復活〉を果たしたように、今度はクレアの〈復活〉を――〈クレア＝アレック〉のまま片面を殺されて半死状態に陥りながらも、これからも生きてゆかねばならないクレアには〈生気《スピリット》の復活〉をしてもらわなければならないが、テスが処刑されてその合体すべき「自身《セルフ》」を失ってしまうとすれば、クレアにはその〈身代わり〉が必要になってくる。妹との結婚をすすめるとき、テスがクレアに「あなた自身のために（for your own self）」（３１１）、ライザ-ルーを「鍛え、教え、育て」てほしいと言っているのも（３１１）、この身代わりの〈他者〉を通じて自らの「自身《セルフ》」を鍛え、教え、育ててほしいということだろう。

このライザ-ルーとの結婚をすすめるテスの姿を、先に序章でも触れた〈楽園喪失神話〉のコンテクストにおいてみることもできるだろう。すなわち、第1章でも指摘したように、神を失って自我に目覚めた〈近代人〉としてのテスは、「身勝手《セルフィッシュ》」で自己中心的な〈クレア＝アレック〉のレイプや不寛容によるアイデンティティの分裂に苦しみながら、その「モダニズムの苦悶」(98)を経験することで〈知恵の木の実〉を食べ、「自身《セルフ》」に目覚め、自己のアイデンティティを確立するのであるから、それは〈近代〉のイヴとしてのテスが、いまだに無知《イノセント》なままのアダムとしてのクレアに〈知恵の木の実〉を与えようとしている姿であって、してみると〈ライザ-ルー〉そのものが〈知恵の木の実〉の化身ということになるだろう(第5章注5参照)。それによって目を開かせ、善悪を、というよりクレアの場合は他者との関わりを通じて「自身《セルフ》」を知り、自己のアイデンティティを確立し、〈第二のアダム〉のイエス・キリストのように〈霊《スピリット》／生気の復活〉をしてほしいとテスは願っていた、とも読めるからである(イエスの「霊《スピリット》」の復活については次章を参照)。またそうすれば、最終章でテスの処刑を確認に行ったクレアがライザ-ルーを伴っていたことは、クレアがテスのすすめた知恵の木の実を〈食べた〉ことを表すだろうし、またそのライザ-ルーという〈身代わり〉を通じてテスは「二つの自身《セルヴズ》」の永遠の合体と、さらには〈救済〉を願ったのだろう。先に序章で、『テス』の最後のアイスキュロスへの言及から、受苦しつづけるテスの姿が縛られたプロメテウスの姿に重ね合わされている様を見たが、また本章ではテスがプロメテウスのように冥界の地獄タルタロス／フリントコム-アッシュに落ちてゆく様を見たが、そのプロメテウスにとってケンタウロス族のケイロンという〈身代わり〉が〈救済〉を表していたように、テスの場合もそこに〈救済〉を読むことができるからである。

第5章　復讐の政治学と魂の救済

（1）〈命名〉によるアイデンティティの支配と復讐

先にルクレティア／ルークリースの凌辱とそれに対する復讐が、ローマが王制から共和制に変わる政治的な事件に発展したことに触れたが（序章2節参照）、テスと、クレアとアレックとの〈性〉を媒介した関係も、男性と女性の支配・被支配の関係として、またその支配者に対する被支配者の復讐という形で展開されているので、それも〈政治〉の問題として読むことができる。それはまず〈命名〉に見ることができる。

名づけること、あるいは命名が、相手に対する一種の権力の行使であることはよく知られている。たとえばアダムが、目の前に連れてこられた動物たちすべてに「名前」をつけているのも、そうした動物たちに対する人間の「支配権」もしくは「統治権」を表すものだった（「創世記」1：28）。特に命名の対象が生まれたばかりの赤ん坊である場合は、相手には言葉で自分の意志を伝えることができないために、名づける側は一方的かつ絶対的な権力者・支配者の相貌を帯びることになる。それはたとえばテスが、生まれて間もなく死にそうになったわが子に、牧師に代わってみずから洗礼をほどこすところに見られる。

「ソロー、父と子と聖霊の御名によりて、われ汝に洗礼をほどこす。」（74）

このようにテスは厳かに、死の床に横たわるわが子に「悲しみ」や「苦しみ」の意の「ソロー」(Sorrow)という洗礼名をつけているが、この命名の儀式を執り行う前後のテスについては、「ほとんど王のような威厳」（74）に満ち、その姿は「ほとんど神格化され」、居並ぶ妹弟たちは姉のテスを「いよいよ畏敬の念をもって見上げた」とある（74―75）。この絶対的な権力行使の一形態である〈命名〉は、そこから始まって、男と女の〈支配〉と〈被支配〉の関係に、さらには暴力的に女を支配する〈レイプ〉とそれに対する〈復讐〉という形に変奏されて、権力の行使と被行使あるいは支配と被支配の別名である〈政治〉の問題として展開されてゆく。

それもまず、クレアとアレックのテスに対するさまざまな〈命名〉に見ることができる。「さて、人はその妻の名をエバと名づけた」（「創世記」３：20）とあるように、クレアもアレックも「支配者」らしく恣意的にテスに名前をつけている。まずアレックは初めてテスに会ってから「美人」の意の“my Beauty,”“my pretty girl”とか、苗字が同じため「冗談で従妹《いとこ》(Coz)と呼んだり」（46）していたが、アレックの〈ダーバヴィル〉は、すでに触れたように成金の父親が没落した貴族の名前を勝手に名乗っているだけの「偽物」であるから、その「従妹」とは、当然のことながらテスのアイデンティティを正しく表すものではない。またのちにアレックはテスに結婚を申し込み（２４３）、すでに別人と結婚しているので無理だと分かると、経済的な弱みにつけ込んで愛人にするが、これも〈偽のダーバヴィル〉との合体であるから、〈偽のテス・ダーバヴィル〉という偽のアイデンティティを表すものであることは先に触れたとおりである。

一方クレアはテスを、これも先に触れたとおり「半分からかうようにアルテミスとかデメテルとかその他の妙な名前で呼んだ」が、テスはそれが気に入らず、「テスと呼んでください」と嫌がっている（１０３）。テスは〈命名〉によるアイデンティティの支配を拒否しているわけだが、この点は、テスがダーバヴィル家の末裔であることを知ったときクレアが、これからは正しく「ダーバヴィル」と名乗るべきだといったのに対して、「前の方がいい、それが一番いい」（１４８）と言って拒否しているのと同じである。それは一つには〈ダーバヴィル〉の名前が、嫌なアレックを思い出させるからでもあっただろうが、より重要な点は、このときのテスはまだ〈テス・ダーバヴィル〉としてのアイデンティティを確立する前だったので、前の〈テス・ダービフィールド〉の方が身に合っていたのである。

いずれにせよこのように〈命名〉は、一方的かつ恣意的なアイデンティティの支配に通じるもので、この〈支配〉がさらに男による女の〈性の支配〉になるとき悲劇は生まれるのだが、この〈支配したがる欲望〉もまたヤヌスのエンブレムの一つであったことは、本書のエピグラフに掲げたとおりである。

この〈性の支配〉による悲劇は、支配される女の「悲しみ・苦しみ」の表現として、テスが子どもに命名した「ソロー」という名前にすでに現れていた。この名前は『創世記』の中のある句」からテスが思いついたものと記されていて（７４）、その出典箇所については複数の解釈があるようだが[1]、ここでは、レイプの結果生まれた子どもにふさわしく、男が女の性を支配し、女は「苦しみ《ソロー》」のなかで子どもを産むことが述べられている次のくだりこそ想起されるべきだろう。

> つぎに［神は］女に言われた。
> 「わたしはあなたの産みの苦しみ（sorrow）を大いに増す。
> あなたは苦しみ（sorrow）のなかで子を産む。
> それでもなお、あなたは夫を慕い、
> 彼はあなたを支配（rule over）するだろう。」（３：16［訳は基本的に口語訳によったが、一部欽定訳によって改めた。］）

ここは禁断の木の実を食べたアダムとイヴが神の罰を受けているところで、欽定訳で初めて「苦しみ」（sorrow）の語が出てくるところである。テスによる「ソロー」という命名には、だから、アレックという「夫」ならぬ情人によって暴力的に性を支配されて子どもを産むテスの「苦しみ」と、その子を葬らねばならない「悲しみ」とがこめられているのだが、このアレックとの性を媒介した暴力的な支配・被支配の関係は、のちにテスのアレック殺害という〈復讐〉によって決着が図られることになる。しかしそこに至るまでの過程でも、この「創世記」に記された男と女の支配・被支配の関係は、双面の〈クレア＝アレック〉とテスとの関係において、すなわちヤヌスの神話のコンテクストにおいて捉え直すと、さまざまな形で見ることができる。それはまず初めに、クレアとアレックが、パウロ主義を奉ずる〈父〉クレア師の〈双子〉の兄弟であるところに見られるだろう。

先にも触れたようにエンジェル・クレアは老クレア師の実の息子で、将来聖職に就くことを望まれながらそれを拒否し、農業で身を立てようとするものの、テスとのことが問題になれば時々父の許へ帰還している。一方アレックは、一度はクレア師にその不品行をとがめられ、逆に侮辱してクレア師を拒否しているが、テスに去られてのちは悔い改めてクレア師に帰依して説教師になっている。この双面の〈クレア＝アレック〉は、クレア師という〈父〉との関係では、あたかも〈双子〉の兄弟のように、同じような離反と親和のパターンを繰り返すのである。そしてこの〈父〉の奉ずるパウロの教えが、その〈双子〉の息子たちに、肉体的（クレアの場合）かつ精神的（アレックの場合）に伝えられるのだが、アレックの場合は特に、その突然の回心自体がすでにパウロ的であるだろう。それまで自堕落な生活をしていたアレックが、あるとき急に屋敷を処分して「アフリカ伝道に身を捧げようと思っているんだ」（２４７）と言い出すあたりは、ダマスコへの途中、それまでの苛烈なキリスト教徒迫害者から突然回心して、その後は異邦人への伝道に生涯を捧げたパウロを彷彿とさせるからである。とはいえ「劣等な男」（２４３）とも言われているアレックは、テスに再会するとすぐにまたテスへの欲望を再燃させてあっさり説教師をやめてしまうところが、パウロとは決定的に違っているが、しかしその〈女性観〉に関しては、アレックにもクレアにも、〈父〉を通じてパウロの教えがきちんと伝えられている。

周知のようにパウロは、新約聖書に多くの手紙を残しているが、その〈女性観〉については、女を〈支配〉すべき対象とみなしていたこともよく知られているとおりで、今ふうに言えば〈男性優位主義〉ということになるだろうが、そのあたりを手紙から抜き出してみると――

すべての男のかしらはキリストであり、女のかしらは男であり、キリストのかしらは神である……祈りをしたり預言をしたりする時、かしらに物をかけない女は、そのかしらをはずかしめる者である。……男は、神のかたちであり栄光《グローリー》であるから、かしらに物をかぶるべきではない。女は、また男の光栄《グローリー》である。なぜなら、男が女から出たのではなく、女が男から出たのだからである。また、男は女のために造られたのではなく、女が男のために造られたのである。それだから、女は、かしらに権威のしるし[2]をかぶるべきである。それは天使《エンジェル》たちのためである。（「コリント人への第一の手紙」11：3―10、欽定訳によって一部補った）

……婦人たちは教会では黙っていなければならない。彼らは語ることが許されていない。だから、律法も命じているように、服従すべきである。もし何か学びたいことがあれば、家で自分の夫に尋ねるがよい。（「コリント人への第一の手紙」14：34―35）

妻たる者よ。主に仕えるように自分の夫に仕えなさい。……夫は妻のかしらである。そして教会がキリストに仕えるように、妻もすべてのことにおいて、夫に仕えるべきである。（「エペソ人への手紙」5：22―24）

妻たる者よ、夫に仕えなさい。それが、主にある者にふさわしいことである。（「コロサイ人への手紙」3：18）

女は静かにしていて、万事につけ従順に教えを学ぶがよい。女が教えたり、男の上に立ったりすることを、わたしは許さない。むしろ、静かにしているべきである。なぜなら、アダムがさきに造られ、それからエバが造られたからである。またアダムは惑わされなかったが、女は惑わされて、あやまちを犯した。しかし、女が慎み深く、信仰と愛と清さとを持ち続けるなら、子を産むことによって救われるであろう。（「テモテへの第一の手紙」２：11―15）

この最後の引用文にあるように、パウロの男性優位主義のよってきたるところは、どうやら「創世記」第2章のアダムとイヴ（エバ）の誕生の〈順序〉にあったようである。たしかに第2章7節に「主なる神は土のちりで人を造り、命の息をその鼻に吹きいれられた」とあるが、イヴが造られるのはそれからしばらく後で、しかも野の獣や空の鳥を造った後で、その目的はアダムに「助け手」が必要になったからであり、それで「主なる神は人から取ったあばら骨でひとりの女を造り」（22節）云々ということになる。しかもイヴは、アダムのように「命の息」を直接吹き込んでもらうという「栄光」に浴してはいない（少なくともそういう記述はない）。最初の引用文の、女が男から生まれたという、その点だけを見れば今日の生物学とは相容れない説も、女が造られた目的も、また女は直接神の栄光に浴するのではなく、男の栄光に浴するという一段落とした扱いも、この「創世記」の記述に源がある。しかし、これもまた周知のように、「創世記」第1章には、ことその〈順序〉に関しては、この第2章とはまったく違ったアダムとイヴの誕生の話が記されている。そこでは、「神は自分のかたちに人（man）を創造された。すなわち、神のかたちに［彼ら（them）を］創造し、男と女とに創造された」（1：27［欽定訳によって一部補った］）。この「人」（man）は、後段部分では複数形の代名詞で受けていることからも明らかなように総称的な集合名詞で、男女双方を指しているから、ここでは男と女は〈同時に〉造られている（少なくとも欽定訳の訳者はそう解釈しているし、種々の聖書の注釈書もそのように説明している）。このように第1章と第2章で矛盾が生じているのは「創世記」が複数の文書から成り立っているからだが、とにかくここでは〈順序〉は同じで、男と女は後先なく平等に造られている。もしパウロがこちら人間創造説をもっと重視していれば、上記のような手紙は書かなかったかもしれないが、もっぱら第2章の方を採用した結果、こんな男性優位主義的な言説が残ってしまったのだろう。

いずれにせよ老クレア師は、こうした女性観を含むパウロの教えを最上のものと考えていた。

> 彼の理解するところでは、新約聖書はキリストの書というよりパウロの書であって――それは議論というより陶酔であった。（123）

語り手はこのように特筆しているほどである。この徹底したパウロ陶酔者の〈父〉から生まれた〈双子〉の兄弟ともいうべきクレアとアレックが、テスを「支配」し、「服従」させ、「仕え」させ、また「教育」し、その「主人」たろうとするのも当然で、たとえばテスと再会したアレックが、「覚えていてほしいな、君、僕は以前君の主人《マスター》だったが、これからもまた主人《マスター》になるよ。君が誰の奥さんでも、君は僕のものなんだからね」（２６１）と言うのもこのことである。一方クレアが、婚約直前に、テスの旧家の血筋が俗世間にテスを受け入れさせるのに有利であると言いつつ、もっともそれは「僕が君を、僕が望むような教養ある女性に仕上げた上の話だけどね」（１４８）と言っているのも同様だろう。テスの「教育者」としてまた「主人」として、要するに〈女〉の上に立つ「かしら」である〈男〉として、二人ともテスを支配し、服従させ、自由に扱おうとする。「主人」（master）の反意語の一つに「奴隷」（slave）があるが、〈クレア＝アレック〉はテスを「奴隷」とみなしていたとも言えるし、またその意味でアレックがテスに「君の心はその男［クレア］の心に隷属している（enslaved）」（２５２）と言っているのは、テスの「体」のみならず「心」をも支配したいのに思うようにいかないアレックの苛立ちを表しつつ、テスと〈クレア＝アレック〉の支配・被支配の関係を表す示唆的な表現にもなっている。つまるところ〈クレア＝アレック〉は、〈主人〉としてテスの心と体を〈奴隷〉として扱おうとしていたわけで、要するにこれが男性優位主義的な〈支配〉の本質であり、レイプはその具体的な行為に他ならない。

　この〈男〉に支配される〈女〉がテス一人ではなく、二人以上いることにも注意しなければならない。

アレックが名前の明かでない複数の女性（の体）を弄んでは泣かせていたように（70―71）、クレアは名前の明かな一人の女性（の心）を弄んでは泣かせている。その犠牲者がイズ・ヒュエットで、クレアはテスと別れた直後、かねてより自分に好意を寄せているのを知っていたイズにたまたま出会うと、テスの代わりにブラジルに誘い、喜んで応諾したイズと馬車で駅に向かう途中で気を変えているが（211―12）、そのためにイズは泣き（213）、後々まで深く傷つく（230）のに対して、クレアは一応謝りはするものの、その謝罪が許されればあとはきれいさっぱり忘れている[3]。この〈男〉の謝罪は〈女〉に許されて当然という男性優位主義は、先のテスとの新婚初夜に「四八時間の遊蕩」の許しを求めたときにも見られたものだが、またそれが〈エゴイズム〉とともに双面一体の〈クレア＝アレック〉の「一体」の部分を成していることは前にも触れたとおりだが、この〈クレア＝アレック〉に弄ばれて泣かされる女がそれぞれ二人以上いるところに、テスがそうした犠牲者としての女の〈全体〉を象徴する役割をになう契機がある。〈二〉という数は象徴的には〈全体〉に通じるからである。「一度犠牲になったら一生犠牲――それが掟なんです」（261）とテスはアレックに言い、男性優位主義の社会の「掟」のなかで、その犠牲者の「悲しみ・苦しみ《ソロー》」を表現する。アレックのレイプによって生まれて死の床に横たわる子どもにつけた「ソロー」という名前が、犠牲者としての〈女全体〉の悲しみや苦しみの表現となるのもここからで、またここから、〈クレア＝アレック〉によって象徴される〈男全体〉と、テスによって象徴される「犠牲者」としての〈女全体〉の、支配・被支配の政治的な関係性の悲劇の構図が浮かび上がってもくるのである。

そしてこの悲劇の頂点《クライマックス》が、〈女〉の〈男〉に対する「復讐」である。支配され、弄ばれて泣かされて、犠牲者でありつづけた〈女〉が、〈男〉にその贖《あがな》いを求めるのは当然で、〈クレア＝アレック〉が自分のエゴイズムにまったく無自覚・無反省であっても、むしろそうであるがゆえに、何らかの形で埋め合わせをしてもらわなければならない。そうしなければ、先の「創世記」第1章に記されていたような、分け隔てなく〈同時に〉創造された男と女のあいだのバランスがとれないし、そのためにも〈クレア＝アレック〉という男性優位主義者にして自己中心的な〈男〉は、この犠牲者である〈女〉の「復讐」を受けなければならない。女を支配し、自由に扱い、弄ぶことがすなわちレイプであるとすれば、テスのアレック殺害という復讐は、次に見るダーバヴィル家の先祖の〈二人の女〉の肖像画にクレアがみとめた「異性に対する凝縮された復讐の意図」（１８４）の成就した結果としても正確に重なり合う。

クレアがテスとの新婚の数日を過ごすために借りた昔のダーバヴィル家の屋敷の「鏡板《パネル》」にはめ込まれた、二百年ほど前のダーバヴィル家の女たちの「二つの等身大の肖像画」は、テス自身も驚くほどの「恐ろしい」形相だが、その「誇張された顔かたちをたどってゆくと疑いなくテスの美しい顔が浮かび上がってくる」とあるように（１７０）、これはまぎれもなくテスの先祖の〈二人の女〉の姿――というより被害者としての〈女全体〉を誇張して象徴的に表す〈ダーバヴィル家のテス〉の等身大の肖像画と言ってよい。クレアは、この屋敷に着いてすぐこの絵を見て驚き、その後テスの告白を聞き、さらにその後もう一度、テスの寝室の「入口」の上にこの絵を見たとき「復讐の意図」を感ずるので、それはテスの「告白」それ自体がクレアに対する「復讐」であったことを表しもするが、しかしこのときの「復讐」は、まだほんの小手調べの程度にすぎない。それはアレックの場合も同様で、テスと再会してまたもやテスへの欲望を再燃させ、説教師をあっさりやめてしまったときに、「君はなんて素晴らしい復讐をやってくれたんだ！」（２５９）と叫ぶところがそれに当たるだろう。アレックのレイプに対する「復讐」はこんな程度ではすまず、このあとナイフによる殺害によって成就するのであり、そのとき双面の〈クレア＝アレック〉の片面のクレアが、もう片面の〈アレック〉を失って「半ば死んだ」状態に陥っている様は前章で見たとおりである。テスの復讐のナイフの切っ先は〈アレック〉を刺し貫いて〈クレア〉にまで達していたのである。

そしてここで、ダーバヴィル家の〈馬車伝説〉という紗がかかったようにおぼろげな事件が、レイプに対する復讐の悲劇のコンテクストのなかでその「政治的な」意味を明らかにする。その〈馬車伝説〉とは、「十六世紀か十七世紀」（１６８）に、ダーバヴィル家の男が「ある美しい女を誘拐し」、「女が運ばれて行く馬車から逃げだそうとして争っているうちに、男が女を殺したか——女が男を殺したか」して、以来「ダーバヴィルの血を引いた人間だけに馬車の音が聞こえる」というものである（２７９）。男が暴力で女を支配しようとする誘拐やレイプが殺人に至る悲劇として、ダーバヴィルの血を通じてテスに反響しているというのだが、この殺すのが男か女かあえて曖昧にされているところに、この伝説のレイプと殺人が、ルクレティアのレイプ後の自殺とその後のタルクィニウスの死と、王制の死という政治体制の変革とも反響しつつ[4]、テスのアレック殺害とその後の自らの死に「政治的な」意味を付与する。その政治的な意味とは、たとえば次のようなところでもう少しはっきりと見ることができる。

彼［クレア］が疲弊したものとして軽蔑してきたテスの一族――権勢をふるったダーバヴィル家の血統――への歴史的な興味が、彼の感傷を呼び覚ました。なぜ今までこうしたことの政治的な価値と想像的な価値の違いに気づかなかったのだろう？　後者の見方からすれば、彼女がダーバヴィル家の血統を引いているということは大変な事実だった。経済学的には無価値でも、夢想家や、世の衰退と没落について道徳的な省察を試みようとする者にとっては格好の材料だった。……何度も何度も彼女の顔を思い出しているうちに、彼はその顔の中に、先祖の女たちに優雅な趣を添えていたに違いない、威厳のきらめきが見えたように思った。そしてその幻影は、彼が前に感じた、あのむかつくような感覚を残した〈霊気《オーラ》〉を彼の血管に送り込んだ。（２６９、傍点筆者）

ここはクレアがブラジルで、前章でも触れた「コスモポリタンな心」を持った男の忠告によって、テスが結婚したとき処女でなかったことへのこだわりがようやく消え、テスの顔を感傷的に思い出しているところである。クレアはかねてより「政治的には、家柄が古いことの価値には疑問をもっています。……しかし、詩的に、劇的に、いや歴史的にすら、ぼくは旧家というものに愛着を感じています」（130）と言っているので、この点はブラジルへ行っても基本的には変わってない。クレアが言う旧家の「政治的な価値」とは、社会の「衰退と没落」の象徴としての否定的な価値の謂で、その見方からのクレアの旧家への批判は何ヵ所かに散見される。一方その「想像的な価値」とは、詩的な、劇的な、歴史的な価値とも言い換えうる、旧家にまつわる「威厳」のような、「感傷」を呼び覚まし、「愛着」を感じさせるような肯定的な価値である。クレアがブラジルに来てから変わった点は、この二つの価値をはっきりと分けて、その「想像的な価値」を肯定し、「政治的な価値」を否定し去ったことである。だからクレアは、それまでその二つの価値の違いに気づかなかったことを後悔し、テスの顔に旧家の末裔の「威厳のきらめき」を見出してそれをよしとし、一方「政治的な価値」には目をふさいだのである。しかしその「政治的な価値」とは、実は単に旧家の「衰退と没落」の意味だけでなく、その〈馬車伝説〉にも見られたように、暴力で性を支配しようとする男と女の支配・被支配の、人と人との関係の力学としての「政治的な」

意味合いでもあったのだが、クレアはそれにも目をふさいだのである。これがブラジルにおけるクレアの〈反省〉の内実で、彼にとって〈男〉は依然として〈女〉を支配する「かしら」のままであり、むしろ目をふさぐことでこの関係を固定したのである。

このようなクレアであるから、〈男〉と〈女〉を対等な人間同士の〈自己〉と〈他者〉の関係として見ることができない。新婚初夜にテスの告白を聞いて、「あるがままの彼女」（１６４）を受け入れることができなかったのはこのためだし、その点は今でも変わってないのである。またこのようにあるがままの〈他者〉が見えてない以上、同様にあるがままの〈自己〉が見えているはずもなく、彼はブラジルに来る前も後も、一貫してテスのアイデンティティが見えず、また実は身勝手なエゴイストであるという自分のアイデンティティが見えてないのも、前章で指摘したとおりである。たしかにクレアは、「地位や富といった物質的な栄誉」（91）を軽蔑し、「知性の自由」（92）を求める、「良心を持った男」（１２１）で、「進歩した悪気のない青年」（２０８）でもあるから、旧弊な貞操観念に捕らわれていたことまでは反省できても、そのあたりが限界で、そこから先の、自分がただの身勝手な男性優位主義者であるという自分に都合の悪いアイデンティティは直視できず、そのため〈女〉を支配してその上に君臨する絶対的な権力者の〈男〉という、自分の「政治的な価値」には目をふさいでいる。先の〈命名〉にちなんでいえば、クレアに「エンジェル」という洗礼名を贈った名付け親《ゴッドマザー》のピトニー夫人は、その名前だけでなく、死ぬ前に、将来エンジェルの妻になる女性に宝石を遺贈しているが（172）、そこにはおそらく、夫たるもの妻になる女性には〈天使〉のごとくあれという願いがこめられていたのだろうが、実態は、「間違って名付けられたエンジェル」（266）と語り手に言われているように、およそ〈天使〉とはほど遠い、女を〈支配〉したがる自己中心的な男性優位主義者であり、そうしたみずからのアイデンティティにもまったく無自覚な男だった。またこうしてみれば、テスを棄てて〈楽園〉のタルボットヘイズから艱難辛苦の待つ〈地獄〉のようなブラジルに墜ちて行ったエンジェル・クレアの姿には、堕天使ルシフェルのイメージを見ることができるだろうが[5]、これもすでに指摘したように〈エンジェル・クレア〉という名前自体がすでに〈光の天使／ルシフェル／堕天使／悪魔〉の意を持っていたとともに、クレアが〈天使〉と〈悪魔〉の双面をそなえた〈クレア＝アレック〉であることを示してもいる。またそうすれば、語り手がクレアの両親について「自分たちの中に棲む悪魔さえ知らなかった」（207）と言っているのは、この〈悪魔〉の面も、また自分が〈悪魔〉でもあることに無知な面も、そのパウロの教えと同様に、親から子に伝えられたものであったことになるだろう。「その異端思想にもかかわらず、エンジェルはしばしば、人間的な側面では、兄たちよりも自分の方が父に近いと感じていた」（132）とあるように、実に多くのものを父親から受け継いでいたのであり、なかんづく〈天使〉であると同時に〈悪魔〉でもあるという双面一体のアイデンティティと、そのことに対する無知・無自覚ぶりとを、何にもましてよく受け継いでいたのである。

このようにクレアが、いくら自分のアイデンティティに無自覚で、自分の〈支配欲〉に目をふさいでも、支配される側の「悲しみ・苦しみ」が、またその「犠牲者」の贖《あがな》いを求める「復讐の意図」が消えるわけではない。それどころか、その目をふさいだことの罪も含めて、すぐにその報復を受けることになる。先の引用文で語り手が言っていたように、クレアには好ましいテスの顔の「威厳のきらめき」の「幻影」が、「彼が前に感じた、あのむかつくような感覚を残した〈霊気《オーラ》〉を彼の血管に送り込んだ」のである。つまり、クレアが新婚初夜に見たダーバヴィル家の先祖の二人の女の肖像画に浮かんでいた「復讐の意図」が、オーラとなって彼の体内に送り込まれたのである。「創世記」第1章にしたがえば、等しく同時に創造されたはずの〈男〉に、いわれなく支配され、犠牲に供されたために、その贖いを求める〈女〉の、支配者に対する被支配者の「政治的な」復讐の意図がクレアに向けられていたのであり、またダーバヴィル家の先祖の「二人の女」という〈女全体〉の復讐の意図が、その末裔のテスの「顔」を通じ、双面の〈クレア＝アレック〉という〈男全体〉に向けられて、いよいよその復讐が遂行されようとしていたのである。最終の「第7局面」が「遂行／成就」(Fulfillment) と題されて、ブラジルから帰ってきたクレアの再登場から始まっているのも、いよいよこの復讐が成就されることを表している。アレックを刺し貫いたテスのナイフの切っ先が、クレアの体内にまで届いていてクレアを「半ば死んだ」状態に至らしめたことは先に触れたとおりであり、またこのテスのナイフによる殺害が、ローマの〈政治〉を変えたルクレティアのナイフによる復讐と重なりつつ、この被支配者による支配者に対する政治的な復讐の成就を表すものであることは、あらためて言うまでもないだろう。

（2）ヤヌスの神話と楽園喪失・回復神話による〈戯れ〉と〈救済〉

人を殺せばみずからの死をもって贖《あがな》うことになるのは当然で、アレックを殺したテスにもそのことは分かっており、外国に逃げようとするクレアとは違って、いずれは捕まって処刑されることを予感している。テスが最後にたどりつくストーンヘンジの場面の前後は、このテスの死を意味づけるさまざまなイメージやシンボルで満ちあふれている。特にそこでは、つねにテスの運命を司ってきたヤヌスに関わる神話とともに、いわばそのヤヌスを鍵にしてコード変換がなされるかのように『失楽園』による楽園喪失神話と『復楽園』による楽園回復神話が見えている。

まずテスは「楽園」を喪失する。――サンドボーンの〈青鷺荘《ヘロンズ》〉でアレックを刺殺した後、テスはクレアとともに北へ向かって歩き、ニュー・フォレストの森の奥に入り込み、通りかかった「門」の奥に「家具付きの好ましい邸宅」という看板のある賃貸用の空いている屋敷を見つけ、開いている「窓」から入り、食料を買い込んで隠れ住む。二人は世間から「完全に隔絶されて」誰からも「平和」を乱されることなく、「唯一の仲間はニュー・フォレストの鳥たちだけ」という幸せな「五日間」を過ごすが（以上306―307）、そこは「悲しみのない[6]」（307）二人だけの楽園であり、その寝室は『失楽園』に描かれたアダムとイヴの「四阿《あずまや》」に重なり合っている。しかし殺人の罪を犯したテスにとってその「楽園」と「五日間」は、堕罪後のイヴにとってのそれらと同様にいずれは「去らねばならない」場所であり、それまでの「猶予」の期間にすぎなかった（『失楽園』11：269、272行）。また森の「鳥たち」はテスの「仲間」であるとともに、アダムとイヴを楽園から追放しに向かう大天使ミカエルと麾下の智天使《チェラブ》の一隊の到着の前兆として、エデンの「東の門」の方へ逃げ去って行った「二羽の鳥たち」のように（11：190、186行）、テスを屋敷／楽園から追い立てるものでもあった。空き家とはいえ時々管理人が出入りするこの屋敷にいつまでも隠れ住むわけにもいかず、クレアがテスに出発をうながすと、「彼女は不思議に動きたくない様子を見せた」（308）と記され、さらにテスが次のように言うのも『失楽園』と重なり合っている。

「どうしてこんなに楽しくて素敵な暮らしを終わりにしなければならないの！」と彼女は異を唱えた。……「外は面倒ばかり、でも中は満ち足りてる（content）。」（308）

イヴも同様に言う。

「……ここに住み、
この楽しい森の小径がある限り、辛いことなんて何があるでしょう。
罪に堕ちたとはいえ、満ち足りて（content）、ここで暮らしましょう。」

これが心からへりくだったイヴの願いの言葉だったが、運命がそれを許さなかった。……（11：178―82行）

楽園での「満ち足りた」暮らしが罪を犯した者にいつまでも許されるわけはなく、イヴもテスも楽園を追われることになるが、その際の嘆きも多分に重なり合っている。

楽園よ、私はこんなふうにあなたから去らねばならないの？
［2行略］
やがて二人とも死ななければならないにしても、あの［堕罪の］日以来

許された猶予の日々を、悲しいけれど静かにここで過ごすつもりだったのに。
［６行略］
最後に、夫婦の契りを結んだ四阿《あずまや》よ……
［１行略］
どうしてあなたから別れられるというの？　……（11：269―82行）

このようにイヴが楽園の喪失を嘆くのと同様にテスも――

「ああ、幸せの家よ、さようなら！」と彼女は言った。「私の命はほんの数週間の問題にすぎないのに、どうしてあそこにいてはいけないの？」（３０９）

テスもこのように嘆きながら楽園／屋敷を後にし、クレアとともに歩き続けて、夜明け近くにストーンヘンジにたどりつく。そこでテスは捕らえられ、その後処刑されるのだが、このストーンヘンジの場面は、テスの最期をさまざまなイメージやシンボルを通じて、あたかもテスを〈犠牲〉にささげ、その魂を〈救済〉するかのように描いている。

たとえば、テスとクレアがストーンヘンジ着いたとき、この先史時代にイギリス南部のソールズベリー平原に造られた「異教徒の神殿」（３１０）である巨大な環状石柱群は、そこを吹きわたる風が「何か巨大な一弦のハープの調べのような」音を奏でており、「まさに風の神殿」のようだと記されているが（３１０）、古代ケルトのドルイド教では、ハープの音は死者の体から魂を解放し、天国に運んでくれるものであり（Vries）、またキリスト教では「激しい風」は「聖霊」（Holy Ghost）の現れとして聖霊降臨のときにも吹いていた（「使徒行伝」２：２、４）。「ハープ」はまた、先にも触れたように天上で天使が奏でる楽器でもあり、この風による「ハープの調べ」は、もう一つの〈楽園〉タルボットヘイズでエンジェル・クレアが弾いていた〈天使の楽器〉とも響き合うので、ストーンヘンジはまだ〈楽園〉と地続き[7]であるとも言えるだろう。

テスはこの古《いにしえ》の祭祀遺跡の祭壇上に横たわって「顔の上は大空だけ」と言い、「長いあいだ柱と柱の間を渡る風の音に耳を傾けて」（３１１）いて、――つまりドルイド教的には魂を解放してくれる「ハープの調べ」に耳を傾けているので、そうしたテスの姿からは、先にも触れたシェイクスピアの描くルークリース／ルクレティアの「翼のある霊」や、テスが「私たちの魂は生きているうちでも体から抜け出すことができる」（94）と言っていたのが想起されよう。――テスがタルボットヘイズの朝食の席でこの魂の話をしたとき、乳しぼりのディックが「まるで絞首刑（gallows）を始めるように、テーブルに「肉切り用の」大きなナイフとフォークを突き立てた」（94）と、いささかその場にそぐわない異様とも思える記述があったが、テスがその後〈青鷺荘《ヘロンズ》〉で、やはり朝食の肉切り用のナイフでアレックを刺殺し、そのためにこれから絞首刑になろうとしていることを考えれば、このタルボットヘイズの場面がそのままストーンヘンジにつながって、この二つの場所が地続きなっていることは明らかだろう。「ストーンヘンジ」という名前自体が字義的には「絞首刑の石」（hanging stone）の意であり、転じて「絞首刑の十字架」（gallows cross）の意になったという（Jobes, 'Stonehenge' の項による）。

テスはここで、風の奏でる「ハープの調べ」を聴きながら、その肉体から魂を解放していたかのようだが、またおそらくそのために、テスはクレアに、二人が死んで肉体を超越した「霊魂《スピリット》」（311）になったとき、再会できるかと尋ねる。テスにとってクレアの「自身《セルフ》」が必要不可欠なのはすでに見てきたとおりである。テスは死後、霊魂となってクレアの霊魂と再会し、合体したいというのだが、しかしクレアは、その問に答えることはできない。「返事を避けるために、彼女にキスした」（311）。――キリストを裏切るユダの〈死の接吻〉のように、テスは裏切られ、「自身《セルフ》」の死を宣告されたように落胆して、「それは会えないって意味なの！」（同）と言ってすすり泣くが、クレアが答えられないのは、キリストの復活が信じられないために聖職に就かないというクレアには（91）、「復活」は「聖霊《スピリット》による」というパウロの教えも信じられず（「ローマ」1：4、8：11、他）、したがって自分たちが死んだ後まで霊魂となって再会できるなどとはとても思えなかったためだろう。かたくなに沈黙を守るクレアについて語り手が、「彼よりも偉大な方のように」（312）黙して答えなかったと言い、クレアを、大祭司カヤパの質問に黙って答えなかったイエスに喩えているのが、そのことをよく表している。カヤパはイエスを死刑にするために、イエスがかつて「神の宮を壊して三日後に建てる」と公言したとする証言の真偽を質《ただ》したとき黙して答えなかったのだが（「マタイ伝」26：61—63）、このイエスが公言したとされる言葉の趣旨は、「福音書記者」のヨハネによれば、「神の宮」とはイエスの「肉体」の意で、処刑後三日で復活することの喩えだった（「ヨハネ伝」2：21—22）。テスは自分が処刑されたあと霊魂となって（あるいは霊魂によって復活して）クレアと再会したいと言うのだが、死後の復活が信じられないクレアはかたくなに沈黙を守り、テスは落胆したまま眠りに落ちる[8]。このクレアの、霊魂の復活が信じられないということからは、ふたたび（地続きの）タルボットヘイズのある「夜明け」の場面が想起される。

［夜明けの薄暗闇は］しばしば彼［クレア］にキリストの復活の時刻を考えさせた。マグダラのマリアがそばにいるかもしれないとはほとんど考えなかった。……彼女［テス］は霊（ghost）のように、まるで魂（soul）だけになってしまったかのように見えた。実際に彼女の顔は、そのようには見えなかったが、北東からの冷たい微光を捉えていたのであり、また彼の顔も、自分ではそのことに

は思いも及ばなかったが、彼女と同じ相貌を呈していた。（１０２―１０３）

マグダラのマリアが、かつては娼婦だったがイエスを信ずることで清められ、また復活したキリストに最初に会い、それがイエスであることを認めた最初の人物であることはよく知られている。そのマリアにテスがたとえられているので、テスが肉体的には汚されていても心は――あるいは魂は――清純であるということの意味は分かりやすいが、ここで見落としてはならないのは、テスがそのように見えたのは「キリストの復活の時刻」だったとあるように、死んで復活したキリストの霊魂《スピリット》に、生きているテスの霊《ゴースト》や魂《ソウル》が喩えられていた点である。夜明けの薄暗闇のなかでマグダラのマリアが認めたキリストの復活が「霊魂」によるものだったように、テスも「霊のように、あたかも魂だけになってしまったかのように見えた」のである。もともと「魂は生きているうちでも体から抜け出すことができる」と言っていたテスは、ちょうどキリストが死んだ肉体から解放されて「霊魂」となってマリアの前に現れたように、生きている肉体から魂が解放されて「魂だけ」になっていたのである。このようなテスの顔を見ながら、しかしクレアは、そうしたテスの魂のありようを「ほとんど考えなかった」し、また自分もテスと「同じ相貌を呈し」、つまりクレア自身も同じように肉体から魂を解放して「魂だけになっていた」のに、自分のそれについてはまるで「思いも及ばなかった」のである。たしかにクレアは結婚前のテスの、マグダラのマリア的な〈汚れ〉についてはその後こだわりをなくしたが、テスの「魂」については、最後のストーンヘンジに至るまで、ほとんど考えもしなければ理解も及ばなかったのである。こうしたクレアであるから、テスの、死んだあと霊魂となって再会できるかという最後の質問にも答えられずに沈黙するほかなかったのももっともなことだが、このように自分の魂のありようにも、また自分のアイデンティティのありようにも無自覚なクレアであるからこそ、テスは自分の〈身代わり〉に妹ライザ＝ルーを遺してやったのだろう。ライザ＝ルーが、いまだに自己のアイデンティティに無知《イノセント》なアダムとしてのクレアの目を開かせ、〈自身《セルフ》〉を見つめさせるための〈知恵の木の実〉の化身であることは、前章の最後で指摘したとおりである。

この「キリストの復活の時刻」という夜明けのタルボットヘイズの場面がストーンヘンジにそのままつながっているのは、もうひとつ、「北東からの冷たい微光」がある。それはストーンヘンジでは次のように記される。

はるか北東の空に、彼［クレア］には、柱と柱のあいだに一条の水平な光が見えた。空一面にどんよりと垂れ込めていた黒雲は鍋の蓋のようにそっくり持ち上がり、大地の縁に日の光を射し入れ、手前にそびえ立つ石柱や三石構造物はその黒々とした輪郭を現し始めた。（３１１）

ストーンヘンジは、誰がいつごろ造ったのかは定かではないが、かつてそこで太陽信仰が行われていたことは確かなようで、テスが横たわる中心の祭壇の石から、夏至の太陽が昇る「北東の方向」に、巨大な二本の石の柱の上に一本の石の梁を渡した「三石構造物」（trilithon）が立ち、その向こうに火炎の形をした太陽石があり、そのあいだに犠牲《いけにえ》の石がある（３１２）。そしてそこで太陽への犠牲が捧げられていたと、クレアはテスに説明している（３１１）。これがどのような宗教であったのかはクレアも説明してないし、また実際にも明かではないようだが、この先史時代のイギリスで行われていた太陽信仰からは、おのずと、先に第2章で触れた古代ギリシアの太陽神ヘリオス／アポロンを彷彿とさせる「太陽崇拝」（heliolatries）（67）への言及が思い起こされよう。かつてアレックのレイプによって傷ついたテスを癒してくれたのは、早朝の森の中でテスの前に現れた、いかにもアポロンを想わせる、「黄金の髪をし、顔は輝き、優しい目をした、神のような生き物」の「太陽」だった（67）。この太陽信仰や、また今の引用文にある、夜明けの、垂れ込めていた黒雲がそっくり持ち上がって「大地の縁に日の光を射し入れ」るという記述からは、夜明けになると〈天の扉〉を開いて日の光を射し入れるという古代ローマの太陽神ヤヌスの姿も想起されるだろう。かすかに射し始めた日の光を背景に黒々とその輪郭を現した「三石構造物」は、要するに〈門〉の形状をしていたのであり、すでにこのストーンヘンジの場面の初めの方から、「ここはすべて扉と柱であり、中には連続した石梁でつながっているものもある」（310）と記されていたのである。

　このストーンヘンジという「風の神殿」が、「すべて扉と柱」というふうに、ヤヌスの神殿と見まごう形容がなされていたのは、たまたまその形状が〈門〉に似ていたためだけではない。常にテスの人生の旅路に付き添ってその運命を司っていたヤヌスは、それまでも折に触れて「門」や「扉」や「入口」や「敷居」や「窓」などへの言及のなかにその姿を見せていたが、テスの旅が終わりに近づくにつれて、いよいよはっきりとその姿を現すようになっているからである。たとえば、テスがマーロットの家を追われて先祖の故郷キングズビアに来て、祖先の墓所に入るとき、「古きダーバヴィル家の墓所入口」(Ostium sepulchri antiquae familiae d’Urberville) とラテン語で床石に刻まれた「入口」を通って中に入り、先祖の「祭壇の形」をした墓に詣でているが（287）、ラテン語の「扉、出入口」の意の’ostium’は、やはり「扉」の意の’ianua’と同義であり、それはまた「覆いのある通路」の意の’ianus’（つまりIanus/Janus)と同語原である。そして、開祖サー・ペイガン・ダーバヴィルの末裔のテスは、その後「異教徒《ペイガン》」の神殿跡ストーンヘンジにたどりつき、「祭壇」の上に横たわって「私は今故郷にいる」と言っているので（311）、キングズビアの先祖の「祭壇の形」の墓からストーンヘンジの「祭壇」はそのままつながっているのであり、したがってこの「すべて扉と柱」のストーンヘンジにヤヌスの神殿のイメージを重ね合わせて、その〈門〉の形状の「三石構造物」に宿るヤヌスの姿を見ることもできるのである。そしてこのヤヌスが、ここでテスを捕らえ、犠牲にささげて、その魂を解き放つのだが、まずはテスを捕らえに現れる。——双面のヤヌスは、時に四つの顔を持つことがあるのは本書のエピグラフに記したとおりだが、ここではその四つの面で近づいて来る。

> 東の方の斜面の縁で何かが——ただの点だが、動いたようだった。それは男の顔《ヘッド》で、〈太陽石〉の向こうの窪みの方から近づいてきた。……
> 　後で物音がした。草地を歩く足音だった。振り向くと、倒れた石柱の向こうにもう一人の姿があり、彼「クレア」が気づく前にもう一人が右のすぐそばに、三石構造物の下に来ていて、もう一人が左にいた。曙光が西の方の男の正面《フロント》をはっきりと照らしていた。（３１２）

英語の"head"が首から上を指して「顔」（face）を含むことはよく知られているとおりで、この「東」と「西」と「右」と「左」の四方向から近づいてくる四人は、おそらく殺人犯のテスを捕まえに来た警官だろうが、ここではそうした職業や任務を表す言葉はいっさい使われてはいない。むしろその表現の仕方は彼らが現実の人間であることを避けるかのようですらある。ただテスを捕らえるために"head"や

"front"といった〈顔〉として現れて、クレアが抵抗しようとすると、自分たちは「十六人」いるので抵抗しても無駄であると言うばかりである（３１２）。――この「四人」と、その四倍の「十六」という数について考えるには、おそらくまた『失楽園』を背景に置いてみる必要がある。この数から連想されるのは、『失楽園』の、「それぞれ四つの顔を持つ、四人の智天使《チェラブ》の姿」（６：７５３）という記述における、その二つの数を乗じて得られる「十六」という〈顔〉の数であり、さらには、この智天使の一隊を伴って大天使ミカエルが、神の命令でアダムとイヴを楽園から追放しに向かう次の一節である。

……大天使は急いで地上に降る用意をし、
監視の役に就く光輝く智天使《チェラブ》の一隊もこれに従った。
彼らはそれぞれに
二重のヤヌスのように四つの顔を持ち、
全身にはアルゴスより多い眼が散りばめられ、
アルカディアの笛に、つまりヘルメスの葦笛に魅せられて
あるいはその眠気を誘う杖のために眠りに落ちたアルゴスとは異なり、
その眼は炯々と輝いていた。（11：１２６―１３３行、傍点筆者）

このようにミルトンが、それぞれ「四つの顔」を持つ智天使《チェラブ》を「二重のヤヌス」(double Janus) に喩えていることに思いを致せば、そしてテスを捕らえに四方向から迫って来る四人がつまるところ〈顔〉として現れていて、それぞれ「四つの顔」を持つ四人が「十六の顔」でテスを捕らえに来たと考えれば、これらの人々は、集合名詞的に合わせて一柱の——この場合は双面というよりはミルトン的に四面を持つ「二重の」——ヤヌスとして見えてくるだろう。

ヤヌスはこのようにしてテスを捕らえに現れるのだが、この『失楽園』からの引用でもう一つ注目すべきは、奇しくもそこに「アルゴス」と「ヘルメス」の名が出ていたことである。ミルトンがアダムとイヴの楽園喪失譚を描くのに聖書だけでなくギリシア・ローマ神話にも多くを負っていたことは知られているとおりだが（『アエネイス』も使われていたことは本書序章で触れた）、このアルゴスとヘルメスの話はアイスキュロスの『縛られたプロメテウス』の中にあり、それについてはやはり『テス』の末尾を想起せざるを得ないからである。

「正義」が行われ、そして（アイスキュロス的な句《フレーズ》で言えば）〈神々の司〉はテスに対する戯れを終えた。（３１４）

すでに序章でも触れたように、このアイスキュロスの「句《フレーズ》」の出典は『縛られたプロメテウス』第169行にあるが、この悲劇にはプロメテウスの捕縛に関わる主筋とともに、脇筋として少女イオの物語がある。――〈神々の司〉のゼウスがその情欲からイオに懸想すると、妻のヘラが嫉妬し、ゼウスがヘラの眼をごまかすためにイオを牝牛に変身させると、疑い深いヘラは全身に百の眼を持つ怪物アルゴスにイオを監視させ、ゼウスに遣わされたアルカディア生まれの息子ヘルメスがその葦笛の音と、眠りをもたらす杖でアルゴスのすべての眼を眠らせて殺すと、怒ったヘラは復讐の三女神の一人を虻《あぶ》に変え、イオを刺しながら追わせて苦痛に満ちた旅をつづけさせる。その旅の途中でイオは、ゼウスの「正義」のために縛られたプロメテウスに出会い、「前《プロ》」から将来の成り行きを知るプロメテウスから自分の運命を聞き出し、また虻《あぶ》に追われながら漂白の旅をつづける。――これがアイスキュロスの『縛られたプロメテウス』と、その背景にある神話や伝承等によるイオとプロメテウスの物語だが、興味深いのは、ミルトンとハーディの双方で、ゼウスとヤヌスへの明示／暗示がなされていた点である。ミルトンではエデンの園の「生命の木」を守る智天使《チェラブ》の〈監視者〉としての高い能力を、アルゴスをしのぐ「二重のヤヌス」の比喩で表していて、その背景には、ヘルメスにアルゴスを殺すように命じたゼウスの姿が暗示されていたが、一方ハーディでは、受苦しつづけるテスの人生の旅路を、ゼウスの情欲とヘラの嫉妬の間で翻弄されるイオと、ゼウスの「正義」のために捕縛されて絶えず大鷲に内蔵を食いちぎられる苦痛を味わわされるプロメテウスのそれに喩えていて、その背景にはおそらく、ミルトンに明示されていた「二重のヤヌス」を踏まえ、さらに序章でも見たＪ・Ｇ・フレイザーの『金枝篇』における〈ゼウス＝ユピテル＝ヤヌス〉という同一性を踏まえつつ、その〈神々の司〉にヤヌスの姿の暗示を見ることができるからである。

テスはこのように、原罪を犯して楽園を追放されるイヴや、ゼウスの「正義」のために捕縛されてタルタロスに落とされるプロメテウスに喩えられていたわけだが、そのゼウスの「正義」といっても、実は今のイオの物語に見られたように、その情欲が無辜の犠牲者を生み出して苦しめるような、はなはだ疑わしいものでもあった。アイスキュロスの描くプロメテウスが、最後までゼウスの「不正」を非難しながらタルタロスの淵に落とされていったのにも理由があったわけで、同様にテスの場合も、『正義』が行われた」といってもそれは建て前上の「正義」にすぎず、その処刑も殺人に対する建て前上の処罰であって、むしろその死は、それまでの「戯れ」を贖《あがな》うかのように〈復活〉と〈救済〉のイメージで満ちている。それはテスを、アダムとイヴの犯した原罪を贖《あがな》い、失われた楽園を回復する〈第二のアダム〉のキリストに喩えることによって表されている。それはテスがストーンヘンジで「母方の先祖」の「羊飼い」に言及しているところに読みとることができる。

「母方の先祖が昔このあたりで羊飼いをしていたの――今思い出したんだけど。それにあなたは以前タルボットヘイズでよく私が異教徒《ヒーザン》だって言ってたわよね。だから私は今故郷にいるんだわ。」（３１０）

先にも触れたように父方の先祖にサー・ペイガン・ダーバヴィルを持つテスは、その「異教徒《ペイガン》」という名前と、自分が今ストーンヘンジという「異教徒の神殿《ヒーザン／ペイガン》」に来ていて、昔クレアから「異教徒」と言われていたことからの連想で「私は今故郷にいる」と言っていたのだが、実はこの連想の元には「母方の先祖」が「羊飼い」だったという直前の言葉があったのである。――テスが今引用した三つの文を一連のものとして語っていたことを思えば、その「羊飼い」への言及からは、やはりミルトンの『失楽園』の後日譚の『復楽園』を想起し、テスを、「母方の先祖」に「羊飼い」を持つキリストのイメージに重ね合わせてみなければならないだろう。イエスが「羊飼い」からイスラエルの国王になったダヴィデの子孫であることは聖書が繰り返し指摘しているところで、なるほど「マタイ伝」と「ルカ伝」のイエスの系図では、聖母マリアの夫ヨセフがダヴィデの子孫となっているが、ヤコブス・デ・ウォラギネの『黄金伝説』第１２５章（「聖母マリアのお誕生」）によれば、それは聖書の習わしに従って父方の系図で表しているためで、イエスはヨセフの血筋ではなくマリア一人から生まれたのであるから、そしてそのイエスがダヴィデの家の出と繰り返し記されているのであるから、マリアこそがダヴィデの子孫であったことを表しているのだという（３：３６２）。『復楽園』でもイエスの母方の先祖の「羊飼いの若者」（２：４３９行）のダヴィデへの言及は繰り返しなされており、「母方の／父祖ダヴィデの玉座」との記述もある（３：１５３—５４行）。アダムとイヴに始まる原罪を、〈第二のイヴ〉とも呼ばれる処女マリアの〈無原罪の御宿り〉から生まれたイエス・キリストが、その十字架上の死によって贖《あがな》うのはよく知られているとおりで、同様にテスも、その絞首刑によってみずから犯した殺人の罪を贖うと同時に、その死は、「羊飼い」を「母方の先祖」に持つキリストのそれに重ね合わされつつ、その後の〈復活〉が約束されていたのである。『復楽園』ではキリストは、「マタイ伝」や「ルカ伝」に描かれたサタンによる〈荒野の試練〉をヨブにも似た強固な忍耐心で堪え忍んでいるが（ヨブへの言及も少なからずある）、同様にテスも、それまでの生涯のさまざまな苦難や試練をヨブやキリストのような忍耐心で堪え忍んできたわけだが、『復楽園』のサタンによる〈荒野の試練〉が元はといえば「神」による〈試練〉に他ならなかったように（１：１４０—４３行）、テスの場合は、それが〈神々の司〉による「戯れ」だったのである。テスは、ゼウスの好色や横暴に翻弄されながらも堪え続けたイオやプロメテウスのようにその「戯れ」に堪え続け、最後は処刑されるのだが、その最後はまた、プロメテウスの場合のように〈救済〉を表すものでもあった。

すでに触れたようにアイスキュロスの『縛られたプロメテウス』では、プロメテウスがタルタロスに落とされてゆくところで悲劇は終わっているが、その直前にヘルメスが登場して〈身代わり〉の神が現れれば縛めを解かれると予言しており（１０２６―２９行）、伝承によればその予言を成就する次のような神話がある。すなわち、イオの十三代目の子孫で、ゼウスを父として生まれた英雄ヘラクレスが、ケンタウロス族との戦いのさなか弓を射ると、矢はあるケンタウロスの腕を射抜いて同じケンタウロス族の中でも知者として知られるケイロンの膝に刺さり、薬を施すものの毒矢のため傷は癒えず、ケイロンは洞窟に引きこもって苦痛の中で死を望むが、不死の神ゆえにそれもかなわず、そのためヘラクレスがプロメテウスの〈身代わり〉としてケイロンを差しだすと、ゼウスはそれを認めてケイロンは死んで苦痛から解放され、プロメテウスは縛めから解放されて〈救済〉されたという[9]。これもまたすでに指摘したように『テス』の最終章のウィントンスターの場面では、テスの〈身代わり〉として妹ライザ゠ルーが登場し、テスの死を〈救済〉のイメージで包んでいたわけだが、それはまたキリストの死が〈救済〉であったのとも重なり合っている。

プロメテウスとキリストの類似性は、たとえばカール・ケレーニイが指摘しているように（『プロメテウス』７―８）、プロメテウスは神々の専有である天上の火を盗んで人間に与えるなど、人類の味方であるが、しかしそのために処罰されるのは、やはり人類の味方で、アダムとイヴ以来の人類の罪を贖《あがな》って犠牲となったキリストに類似している。ケレーニイはまた、プロメテウスの〈救済〉はケイロンという〈身代わり〉がいたからだけでなく、ゼウスと女神テティスの結婚が将来ゼウスの〈神々の司〉の地位を奪う息子を生むことになるという秘密を明かし、ゼウスと〈和解〉したためであるとする伝承を紹介して、こうした〈和解〉と〈救済〉がプロメテウスの神話にあることを指摘しているが（２０９―１８）、同様にキリストの死が、罪を犯した人間と神との間に立って〈和解〉をとりなすもので、その後のキリストの霊魂《スピリット》による復活がそれを信ずる者にとって〈救済〉を意味しているように、そうした〈和解〉と〈救済〉に関しても両者は多分に重なり合っている。最終章でクレアと共にテスの処刑を確認するライザ―ルーが「テスの霊化された似姿」(spiritualized image of Tess)（３１３）として描かれているのも、その〈身代わり〉を通じて、テスの運命を翻弄し続けた〈神々の司〉との〈和解〉と、その〈霊魂〉による〈復活〉と〈救済〉とを、プロメテウスやキリストのそれに重ね合わせつつ表すものであったろう。「絞首刑の十字架」の意でもあるというストーンヘンジでテスが逮捕されるとき、『どうぞ（I am ready)』と彼女は静かに言った」（３１３）と記され、その用意ができている旨を伝えているのも、あらかじめ逮捕が分かっていてその用意をしていたキリストのようであり、またそのことを「静かに」(quietly) 言っているところには、すでに〈神々の司〉と〈和解〉していたプロメテウスのようでもあるだろう。さらにまた、キリストの磔刑が人類の罪を贖うための〈犠牲〉であったように、ストーンヘンジの祭壇上に横たわるテスの姿に〈犠牲〉のイメージを重ね合わせてみれば、男性優位の社会にあって〈男〉の支配に異義を申し立て、〈女〉としてのアイデンティティの確立を求めたテスの、そのために犠牲に供されねばならなかった悲劇の主人公の姿がはっきりと見えてくるだろうし、また次の最終章でテスが絞首刑に処されているところには、十字架上のキリストのように贖《あがな》いの犠牲《いけにえ》の儀式が執り行われ、テスの魂が昇天してゆくものとして見えてくるだろう。

このテスの運命を「戯れ」のように翻弄した〈神々の司〉は、テクストの上では「アイスキュロス的な句で言えば」とあることからも『縛られたプロメテウス』のゼウスを指すが、より広いコンテクストの上ではそれがヤヌスでもあったことは、今まで繰り返し述べてきたとおりである。その双面で門の前後を同時に見張る〈門神〉のヤヌスは、たとえばテスが最初にケレアリアの祭の練り歩きをしながら「小門」(7)を通って登場したときから、常にその人生の旅路に付き添い、折に触れて影のようにその姿を現していたし、また大晦日の結婚直後のヤヌスの月(一月)の別れでは、テスが一人で家に帰る途中に「通行税取り立て門」の「門番」の姿で現れていた(199—200/第4章参照)。また〈クレア＝アレック〉という「神話の一登場人物」としては、一方から他方は「見えない顔」という逆を向いた双面神の姿で(260/第1章参照)、あるいはまたストーンヘンジではミルトン的に「二重のヤヌス」として、

「四人」で「十六の顔」を持つ警官とおぼしい姿で現れていた（３１２／第5章参照）。また死後は妹ライザ-ルーが〈身代わり〉として最初と同様に「小門」を通って退場し（３１３、３１４）、物語の構成の面でも〈始まり〉と〈終わり〉の神でもあるヤヌスの神話の構造を示していた。――そしてまた、プロメテウスを捕縛してタルタロスに落としたのも、また解放して救済したのも、つまるところゼウスの「戯れ」であったように、常にテスの人生の旅路に同行してその運命を司り、まるでゼウスがプロテウスやイオに対してしたようにさんざん翻弄したあげく、最後にその魂を救済するのもヤヌスの「戯れ」であるとすれば、その〈神々の司〉としては、フレイザーの『金枝篇』に見られる〈ゼウス＝ユピテル＝ヤヌス〉はいよいよ重なり合って見えてくるだろうし、またちょうどアエネアスにとって〈黄金の枝〉が冥界の門を開く〈鍵〉であったように、われわれ読者にとって〈ヤヌスの神話〉は、テスの物語を読み解く〈鍵〉として、その二つの〈鍵〉もいよいよ重なり合って見えてくるだろう。

注

エピグラフ

1　ヤヌスの意味については、引用文献にあげたJobes, Room, Vriesの各事典、Frazer, *The Golden Bough. The Magic Art and the Evolution of Kings*, 2nd ed.; Ovid, *Fasti*の他、以下を参照した。Lesley Adkins and Roy A. Adkins, *Dictionary of Roman Religeon* (New York: Facts On File, 1996); Jean Chevalier and Alain Gheerbrant, *A Dictionary of Symbols*, English trans. by John Buhanan-Brown (Oxford: Blackwell, 1994); J.E. Cirlot, *A Dictionary of Symbols*, 2nd ed. English trans. by Jack Sage (London: Routledge & Kegan Paul, 1962); Pierre Grimal, *The Dictionary of Classical Mythology*, English trans. by A.R. Maxwell-Hyslop (Oxford: Blackwell, 2000); *The Oxford Classical Dictionary*, 2nd ed. (Oxford: Clarendon Press, 1970). 神津春繁『ギリシア・ローマ神話辞典』(岩波書店、１９６７)；マイケル・グラント、ジョン・ヘイゼル『ギリシア・ローマ神話事典』、西田実他訳（大修館書店、１９９４）；水之江有一（編）『シンボル事典』（北

星堂、1985)。

序章

1　『テス』のタイトル・ページには、タイトルとサブ・タイトルに次いで「トマス・ハーディ忠実に記す」(Faithfully presented by Thomas Hardy) と書かれている。

2　ボスの『悦楽園』に関しては下記の本による。神原正明『ヒエロニムス・ボスの「快楽の園」を読む』(河出書房新社、2000)、および山川鴻三『楽園の文学』(世界思想社、1995)。特に『テス』第11章の「家ウサギと野ウサギ」とボスの『悦楽園』左翼画面の二匹のウサギとの関連については山川氏の指摘によっている。

3　たとえば前注山川氏。

4　この「(アイスキュロス的な句《フレーズ》で言えば)」に丸カッコが付されているのは、ノートン版第三版が、それまで準拠していた1912年のウェセックス版から1983年の「新しい決定版」に変えてからで (viii)、それ以前のテクストにこのカッコはないようである。

5　本稿がテクストとしているノートン版 (第3版) の脚注による。

6　アポロドーロス『ギリシア神話』第2巻5章4節および11節 (高津春繁訳、岩波文庫、1953、

「９２、１０１」）を参照。なお「身代わり」については次注ケレーニイ、２０２—２０９を参照。

７ カール・ケレーニイ『プロメテウス』（辻村誠三訳、法政大学出版局、１９７２、２０９—１２）による。より詳しくは本書第５章を参照。

８ 「第２局面」の冒頭近くで、アレックにレイプされたテスが帰郷するとき、山の上から美しい郷里の景色を眺めながら、「美しい小鳥がさえずるところにも蛇がシューシュー音をたてている」（58）という教訓を得たとあるが、これはシェイクスピアの『ルークリースの凌辱』（第８７１行）の、タルクイニウス／タークィンにレイプされた後のルクレティア／ルークリースの独白からの引用である（「蛇」が、adder から serpent に変わっている他はすべて同じ）。引用文献にあげた井出弘之訳『テス』の訳注による。

９ カール・ケレーニイ、カール・グスタフ・ユング『神話学入門』（杉浦忠夫訳、晶文社、１９７５）、１５９—６３を参照。

10 第１局面の〈御狩場〉でのアレックとテスの性的交渉を、アレックに「レイプ」されたと見るか、それともテスが「誘惑」に落ちたと見るかは、テクストが多様にとれるように書かれていることもあって議論の分かれるところだが、それは『テス』のその部分が（少なくとも）二つの前《プリ》テクストを元に書かれていて、テクストがそれを反映して両義的になっているためである。つまり〈ローマ建国伝説〉のルクレティアの凌辱のコードで読めばシェイクスピアと同様に「レイプ」になるし、〈楽園喪失神話〉の蛇の誘惑に落ちたイヴのコードで読めば「誘惑」になるからで、重要な点はそのどちらでもありうるところに読み手の視座を確保することだろう。

11　アルデアが「青鷺」の意であることはオウィディウスの『変身物語』(14：578行)にある。

12　この「遅すぎた！」(It is too late!)は、4行後でも繰り返されるが、『テス』の元の表題は「遅すぎたわ、あなた！」(〝Too Late, Beloved!〟)であったから、これの持つ意味は小さくない。なおマイケル・ミルゲイトはこの表題に、次のシェリーの「エピサイキディオン」(1821)からのエコーを聞いている。「〈妻〉よ！　〈妹〉よ！　〈天使〉よ！　〈運命〉の導きの星よ！……あなたを愛するのが、あまりにも遅かった！　あなたを讃えるのが、あまりにも早かった！　(Spouse! Sister! Angel! Pilot of the Fate/...0 too late/Beloved! 0 too soon adored, by me! [11.130-32])」(上田和夫訳)、(Michael Millgate, 'Factual Sources,' in *Tess* [Norton Critical ed.], 357)。ただし『テス』の構造からすれば、この「遅すぎた」夫の帰還を表すものとしては、シェリーだけでなく、本文でも指摘したようにシェイクスピアの『ルークリースの凌辱』の「遅すぎた！」からのエコーをも聞きとるべきだろう。

13　今引用した『テス』のケレアリアの祭の「練り歩き」と「五月祭の踊り」に関する記述は、おそらく『金枝篇』を踏まえている。両者を引用しておく。

「森は消滅してしまったが、かつてその木陰で行われていた習俗は幾つか残っていた。とはいえ、その多くは変形もしくは身をやつした姿で細々と生きながらえているにすぎなかった。たとえば今日の午後注目を浴びた〈五月祭〉の踊りは、この地方で呼ばれている講のお祭、もしくは講の練り歩きに姿を変えているのが認められたことだろう。」（『テス』6）

「今日イギリスでは、森はほとんど絶滅してしまったが、多くの村の広場や田舎の小径などで、今なお聖なる結婚の色あせた名残りが〈五月祭〉の田舎風な祭儀のうちで細々と生きながらえている。」（『金枝篇』150）

14　この百年以上も前のフレイザーの説が今日どの程度「正しい」のか筆者はつまびらかにしないし、批判もあるようだが（Room,'Janus'の項参照）、要はハーディが『テス』を書く際にこの点をどのようにテクストに織り込んだかということであり、それには『テス』の前年の1890年に初版が出た『金枝篇』を、ハーディがどのように読んでいたかが多少は参考になるかもしれない。マイケル・ミルゲイトの『トマス・ハーディ伝』によれば、ハーディは1891年6月の初めに、『金枝篇』の2巻本の初版の第1巻を読み、ハーディの郷里の「ドーセットの民間伝承《フォークロア》と、フレイザーによって記録された異国の習慣や信仰と一致する点があることにすぐ気づいた」とあり、またフレイザーとは共に友人の家で週末を過ごすこともあったと記されているように、互いに面識もあったようである（Michael Millgate, *Thomas Hardy: A Biography*, [Oxford: Oxford UP, 1982], 315, 423.）。ハーディが『金枝篇』を読んだ時期と『テス』の雑誌掲載や本の出版の時期は多分に重なっているが、『テス』の決定版が出るのは1912年になってからであるから、その改訂の過程で『金枝篇』が『テス』に影響を与えた可能性もあるのかもしれない。ハーディは『金枝篇』をメモをとりながら熱心に読んでいたとも言われている。しかしそうした伝記的なことは別にしても、現実のドーセットをモデルにした架空のウェセックスの、テスが生まれ育ったマーロットの村に伝わっていた「五月祭の踊り」に関する先に引いた記述は、その直前の、かつての「鬱蒼とした森」や「樫の木」への言及（5）と相俟って、『金枝篇』（第2巻）がネミの「五月祭」に触れている箇所（第7―9章、特に第8章の最後のあたり［簡約本では第12―14章、特に13章の最後のあたり］）と、結果的にかなり一致していることは確かである。

第1章

1　『テス』ではさまざまなものの名前が〈二重性〉を帯びているとの指摘は次の本にある。Michael Ragussis, *Acts of Naming: The Family Plot in Fiction* (New York & Oxford: Oxford UP, 1986),

135–61. なお、筆者がこの問題を考えるきっかけになったのもこの本である。

2　テスはダーバヴィル家に奉公に行き、鶏の世話をすることになるが、その仕事以外に、目の不自由なアレックの母親が、うそ（bullfinch）の鳴き声を聞きたいためにテスに口笛を吹かせようと練習させているのを知って、アレックは「何と身勝手な！　(How selfish of her!)」（45）といささか大仰に怒っている。口笛が女にとって下品なことはテスも知っていて（44）、また「口笛を吹く女とときをつくる雌鶏は神様にも男にもふさわしくない」という諺もあるほどなので、自分の楽しみのためにテスに口笛の練習をさせるのはたしかに「身勝手」なのかもしれないが、この母親の姿はまた息子アレックの、自分の欲望のためにはテスに関係を求め、ついにはレイプにまで及ぶ姿と重なり合って、この「何と身勝手な！」とは、アレックにこそよくあてはまる表現となる。クレアについての「身勝手」は、タルボットヘイズでクレアが、テスが旧家のダーバヴィル家の末裔であることを知り、俗世間の連中には名家の血筋の方が好まれると大喜びで、日頃の旧家嫌いをあっさり返上し、「ぼくは身勝手(selfish) になってしまった」（148）と言っているところに見られ、両者は対になっている。この二人の「身勝手さ」(selfishness) は、テスにとって唯一絶対の「自身」(self) と関わりつつ、双面一体のクレアとアレックの一体部分の〈エゴイズム〉の具体的な表現となっている。

3　George R. Stewart, *American Given Names: Their Origin and History in the Context of the*

English Language (New York: Oxford UP, 1979) による。

4　この「二重人格《ダブル・キャラクター》」に関してはもう一つ、アリストテレスの『詩学』の「性格《キャラクター》」との関連についても考える必要があるかもしれない。『詩学』では、悲劇の登場人物はその「性格」で「特徴」を持つ必要があり（第6章）、また作者が「性格」で狙うべき点は何よりもまず「善い」（別の邦訳では「すぐれている」）ということであるとされているが（第15章）、クレアとアレックはそれぞれ「善」と「悪」の際だった特徴を持ち、また〈クレア＝アレック〉というヤヌスとしてはその「二つの性格《ダブル・キャラクター》」を持っているからである。この「善」と「悪」に関連してさらにいえば、アリストテレスは悲劇で描かれる人物は「善人か悪人か」（別の邦訳では「すぐれた人間か劣った人間か」）のいずれかでなければならないとしているが（第2章）、それについては（後で触れるように）クレアは「良心を持った男」（１２１）とあり、アレックは「劣等な男」（２４３）とあるのが、それに対応しているかもしれない。アリストテレスの『詩学』については第2章注4、第4章注4参照。

5　こうしてみると、副題の‘A Pure Woman’の‘pure’の意味は、語り手がテスをルクレティアにたとえていたところに見られるような（２９１）、体は犯されても心は犯されてないという‘clean’の意だけでなく、なんら欠けるところのない‘complete,’ ‘perfect’の意味にもなるだろう。

第2章

1　ケレアリアの祭の参加者の「白いガウン」については次のように書かれている。「……白いガウン——それは旧暦の時代（Old-Style days）から続いている華やかな名残りで、その頃は陽気さは五月と同義であり……」（6）。おそらくこの記述の背景には、「旧暦」すなわちユリウス暦そのものを詩の主題にしたオウィディウスの『祭暦』（*Fasti*）の次の一節がある。「ケレスには白が似合う。ケレスの祭には白い外衣を着なさい。」（4：619—620）ただし「白い衣服」が一般的に「純潔、処女性」（innocence; virginity; maidenhood）を表すことはよく知られているとおりで、ここには両者の意味を読みとる必要がある。後で詳しく見るように、テスはケレスのギリシアでの名前「デメテル」になぞらえられている（103）と同時に、やはりギリシアでは「コレ」（乙女）という別名を持つその娘ペルセポネ（ローマではプロセルピナ）にもなぞらえられているからである。

2　のちにテスが「酒」に嫌悪を感じていると書かれることになるのも（263）、このときのことが背景にあるためであるから、少なくともテスにとっては「酒」に関わるこの場面の「ドア」の持つ意味は大きい。

3　〈十字路《クロスロード》の女神〉としてのトリウィア／ヘカテ／ディアナ／アルテミスは、このあと何度か、旅の途中で人が重要な進路の選択を迫られるとき「十字路」に現れる。たとえば第34章で、クレアがテスと結婚した直後、レティとマリアンは「ドリー・アームド・クロス」まで一緒に行ったあと、クレアへの失恋のため、レティが川で投身自殺を図り、マリアンが柳の木立のそばで酔いつぶれるところに見られる（１７４—７５）。元々弱いレティは自殺に、それまで酒に手を出したことのなかったマリアンは飲酒にと、それぞれ「進路」を選んだのである。（ちなみに「柳」には象徴的に「見捨てられた愛」の意があり（Vries）、その意味での「柳」と「投身自殺」となれば、愛の証の花環を柳の小枝にかけようとして川に落ち、自殺とも事故死ともつかない死を遂げた『ハムレット』のオフィーリアの姿が想起されよう。）またクレアがいよいよテスと別れるところも「十字路《クロスロード》」（１９８）であり、またテスと別れたクレアがイズをブラジルに誘い、途中の「十字路」（２１２）を過ぎたところで戻り、「進路」を、あるいは〈女選び〉の選択肢をイズからテスに戻しているところにも見られる（そのためにイズが傷つき泣く羽目になったことは第1章で触れたが、この点についてはこの後もう一度第5章で触れる）。

4　この母親の思惑とその結果についても、アリストテレスの『詩学』との関連を考えてもいいかもしれない。それというのも、母ジョーンとしては、テスが金持ちのアレックに気に入られて結婚することが、テスにとって（また自分たち家族にとっても）望ましいと思ってそれなりの行動をしたのに、結果はテスがレイプされて結婚もせずに帰ってくるという、まったく逆になってしまったので、それは悲劇で登場人物が良かれと思ってしたことが、当人の意向とは逆の結果を招来する「急転（Peripety）」（別の邦訳では「逆転」）（第11章）にあたるからで、またそうすると、その後テスが序章注８で引用したように「美しい小鳥がさえずるところにも蛇がシューシュー音をたてている」という、レイプされたルークリース（ルクレティア）と同じ教訓を得たというのは、アリストテレスが「急転／逆転」に次いで筋の展開上二番目に重要であるとする「発見（Discovery）」（別の邦訳では「認知」）（同）にあたるだろう。アリストテレスの『詩学』については第1章注4、第4章注4参照。

5　ブレイクモアから見たトラントリッジと、この後テスが向うタルボットへイズの位置関係も、同様にヤヌス的であることについては、第3章（1）を参照。

6　『神話学入門』160。

7　テスの本名テリーサ（Teresa）は、Theresa の異形で、それは「刈る」（to reap）を意味するギリシア語（therizo）に由来する「テラシア（Therasia）島出身の女性、収穫者（harvester）」の意とも言われている。（研究社『大英和辞典』『リーダーズ英和辞典』による。）

第３章

1　『テス』の種々の注釈では、「生命の川」の典拠はこの「黙示録」（第22章1節）に求められているものが多いが、原文にある〝Evangelist〟は「四福音書の記者」を指す言葉であるから、そこに「黙示録」の記者を含めることには無理がある。たしかに本稿でも述べたように、「生命の川」には同名のヨハネによる「福音書」と「黙示録」の双方の意味がこめられているが、その典拠としては、まずは原文どおり「福音書」に求めるべきだろう。ちなみに「黙示録」のヨハネと「福音書」のヨハネを同一人物とみなす説もあるようだが、ハーディがどのようにとらえていたのかはつまびらかにしない。

2　このときエンジェル・クレアと二人の兄は「門によりかかって」テスたちの五月祭の踊りを見ていたが、クレアだけが「門を開いて」中に入ってきたとある（9）。先にテスが「小門」を通って草地に入ってきたとき、それは悲劇の舞台への登場を意味していたが（第2章1節参照）、同様に「門」を通って同じ草地に入ってきたクレアもこのときテスの悲劇の舞台に登場したのであり、この点はアレックが、自邸の庭のテントの「扉」から登場して初めてテスと会ったのに対応している。つまり、クレアもアレックも共にヤヌスのエンブレムである「門／扉」を通ってテスの悲劇に登場しているので、ここにも二人の双面一体性と、テスの悲劇が門扉の神ヤヌスの影のもとに始まっていたことが読みとれる。

3　テスとクレアの結婚が、〈クレア＝アレック〉との結婚であったことについては、先に第2章（1）でも触れたとおり。すなわちテスの結婚は、『金枝篇』に描かれたネミの森におけるディアナとヤヌスの「聖なる結婚」を受けて、まずは片面の〈アレック〉が〈御狩場〉で、「宿生木《やどりぎ》」の宿主である「樫」の木の下で性的関係をもって実質的に〈結婚〉し、のちにもう片面の〈クレア〉が新婚のベッドの天蓋を「宿生木」で飾りながらもその下で結ばれることなく形式的に〈結婚〉して、併せて一つの〈聖なる結婚〉をしていたと考えられるからで、次に引用するように、テスがクレアと結婚して「エンジェル・クレア夫人」になったとき、語り手がその実質を踏まえ、世間の道徳感情にも気を遣いながら、それは「より正しくいえばアレクサンダー・ダーバヴィル夫人ではないのか」と言っているのも、このテスの〈結婚〉がヤヌスとしての〈クレア＝アレック〉との結婚だったことを示している。

4　テスが手紙を書いて告白しようとするのにはもう一つ理由があり、それはアレックとのことを隠していたのでは、テスと同様にクレアに恋していた三人の乳しぼり女の仲間たちを裏切るようで済まないという意識もあったからだが、この三人がテスとクレアの婚約を知ったとき、まるで「復讐する亡霊たち」(avenging ghosts)（155）のようだったとあるので、これは前章でも触れた、アエネアスが降って行った冥界のタルタロスの門を見張る「復讐の女神」の三姉妹と重なり合って、やはり冥界の主プルトと重なり合うアレックの「亡霊」を想起させ、この手紙を書くところにもアレックの「影」が見えてくる。

5　クレアがテスをヴィーナスに見立てていたのは、ある日曜日に教会へ行く途中、増水して道路が水たまりになって渡れずに困っていたテスたちを一人ずつ抱いて渡ったとき、テスが着ていた服の「ふわふわしたモスリン」を「泡」（froth）（１１４）にたとえているところに見られる。ヴィーナス／アプロディテが、クロノスに去勢されたウラノスの精液が海に滴って生じた「泡」（foam; froth）から生まれたことはよく知られている。ちなみにアレックも同様にテスをヴィーナスに見立てているが、そこでは「キプロスのイメージ」（２４０）にたとえられている。ヴィーナスが生まれたのはキプロス島の海で、「キプロスの」（Cyprian）が「アプロディテ崇拝の」の意味になるほど両者の結びつきは深い。

第４章

1　ダーバヴィル家の開祖のサー・ペイガン・ダーバヴィルがノルマンディからイギリスに渡ってきたのは１０６６年のノルマン・コンクェストの時で、その後17世紀半ばのクロムウェルやチャールズ二世の頃までは騎士の家系だったとされているので（2）、没落したのはその後のこと。一方イギリスがローマに統治されていたのは紀元前55年のカエサル以来、せいぜい紀元5世紀の初め頃までであるから、この門番の言うことは、たしかに表面的には「時代錯誤」になるのかもしれないが、そのように読んだだけでは大量に〈読み残し〉が出てくることところに『テス』の特質があるのは、繰り返し指摘してきたとおり。

2　テスの名前が〈テス・ダービフィールド〉から〈テス・ダーバヴィル〉に変わることが、テスのアイデンティティ確立の比喩的な表現になっていることは第1章以来繰り返し指摘しているとおりで、クレアと出会ってその「教育」を受け、いろいろな面で成長したテスは、たとえば数年ぶりに再会したアレックが「誰がそんないい英語を教えてくれたの」（244）と訊くほどまでになり、そのままクレアがテスと結婚して「あるがままの彼女」（164）を受けとめることができさえすれば、テスはそのアイデンティティを確立できたはずだが、クレアはその最後の一歩手前でつまずき、その結果テスは、二つのアイデンティティの間で引き裂かれ、元の〈テス・ダービフィールド〉に戻ることもできず、さりとて〈テス・ダーバヴィル〉になることもできず、いわば宙吊り状態になったと考えられる。つまりテスはどっちつかずのアイデンティティ不全（エリクソン的にいえば「拡散／混乱」）の状態に陥り、自分が何者なのか分からず、他人との距離をどうとっていいのかも分からず、そのため他人との出会いを恐れるようになり、両親の許を去ってフリントコム-アッシュに着くまでの間にテスは「自分のアイデンティティを消し」(obliterating her identity)（216）、ハンカチで顔を隠したり眉毛を鋏で切って醜く装ったりするのも（219）、単に見知らぬ男につきまとわれるのを防ぐためだけでなく、その不全状態のアイデンティティを他人に気づかれまいとする具体的な行為であったと考えられよう。この名前（特に苗字）とアイデンティティの関係で、テスとまったく逆のケースがクレアとアレックで、アレックの場合はやりての商人だった父親サイモン・ストークが「容易に正体を見抜かれる（identify）ことのないように」、没落した貴族の名前を付け加えて「ストーク-ダーバヴィル」とした「偽物」で（27―28）、アレックはそれを承知の上でまったく違和感を感じないどころか、元の「ストーク」すら省いて単に「ダーバヴィル」だけを名乗るほどであり、他方クレアの場合は、タルボットヘイズで仕事を求めてきたマットという少年に「苗字」を訊いたところ、「そんなものがあったなんて聞いたことがない」と答えたのにいたく感動して「半クラウン」の金をやったとある（100―101）。クレアもアレックも自己の出自などのアイデンティティにまったく無自覚・無頓着というより、むしろ積極的にそれを否定しようとする姿勢すら読みとれるが、これもそれとは逆のテスの場合とのコントラストを強め、テスのアイデンティティ確立の劇を浮き彫りにしていっそう際だたせる役割を果たすことにもなっている。

3　フリントコム-アッシュが『アエネイス』の冥界の地獄タルタロスと重なり合っているのは、この脱穀機が「プルトの主人」（Plutonic master）と呼ばれていたことと、先に見た「復讐の女神」のティシポネと重なり合うカー・ダーチが再登場していることからも言えるのだが、そこにはまた聖書的な〈地獄〉のイメージも見ることができる。それはたとえば、そこで働くテスとマリアンが「蝿のよう」

（２２４）だったと記されているところに読みとれる。ここの農場主グロービーはテスに向かって自分が「主人」であることを二度にわたって強調しているので（２２８、２５０）、その点でこの男はまさに〈蝿の王〉(Lord of the Flies; fly-god) の異名で知られたベルゼブルと重なり合うからである。このベルゼブブともバアル・ゼブブ（「蝿の創造者・支配者」の意）とも呼ばれる悪霊のかしらを、イエスがサタンと同一視したことは福音書に記されているとおりである（「マタイ伝」12―26他）。このフリントコム-アッシュがウェルギリウスの描くタルタロスのようでありながら聖書的でもある点は、タルボットヘイズがエデンの園や天国のようであったと同時に『アエネイス』のエリュシオンの野のようでもあったのと対をなしていて、ここにも『テス』が〈ローマ建国伝説〉と〈楽園喪失神話〉の二つのコードで書かれていることがうかがわれる。

４　復讐の女神ティシポネ／ケールのイメージと重なり合うカー・ダーチがどちらにも登場する〈御狩場〉とフリントコム-アッシュの二つの場所が、冥界の地獄タルタロスとして「地続き」であるのは、この後（第５章１３６ページ）で述べるように、タルボットヘイズとストーンヘンジが冥界の楽園エリュシオンの野として「地続き」であるのと対をなしている。この〈地獄〉と〈楽園〉のそれぞれ二つの場所が「地続き」で同一の場所として描かれているのは、アリストテレスの『詩学』に基づくいわゆる悲劇の「三一致の法則」のひとつ「場所の一致」を踏まえているかのようである。『詩学』との関連については第1章注4、第2章注4参照。

5　受苦しつづけるテスが「縛られたプロメテウス」に喩えられていることはすでに指摘したとおりで、またそれのより具体的な表現として、フリントコム-アッシュ農場との「契約」で「縛られたテス」として描かれていたことも今指摘したとおりだが、ここでもう一つ、厳冬の戸外で働くテスをさらに苦しめるように、北極の向こうから「見知らぬ鳥」が現れて雪が降り始めるところは（226―27）、やはりプロメテウスをさらに苦しめるように「大鷲」（1020行）が現れて、その縛られた体から肝臓を喰らうところを彷彿とさせることも指摘しておく。またそうすると、テスがフリントコム-アッシュでは「結婚指輪」をはめずにリボンで吊して持っていたというのも（222）、周囲の人々に「クレアの妻」という自分のアイデンティティを知られまいとするだけでなく、それ以上の意味を持ってくるかもしれない。伝承によればゼウスはプロメテウスを解放したのち、かつて捕縛されていたことを忘れないように象徴的に「指輪」をはめさせたので、テスが指輪をはめてないということは、テスがまだ解放される前の「縛られたテス」であることを表すことにもなるからである。（ケレーニイ『プロメテウス』212―14参照。）

6　ラテン語原文は'deceant urbem'で、英訳の前者の'captured city'は引用文献にあげたMillerに、後者はMandelbaumによる。なお邦訳は、田中・前田訳では「落城した町」、中村訳では「滅んだ都」。

ちなみにウェルギリウスの『アエネイス』は、アエネアスがトゥルヌスに一騎打ちで勝利するところで全巻が終わっているが、オウィディウスの『変身物語』はその後の話として、この廃墟となったアルデアと青鷺の話を伝えている。

7　「わたしはなんてひどく狂ったみたいなことをしてしまったのかしら。でも前は、蝿一匹だって虫けらだって傷つけるのには我慢できなかったのに……」（３０８）と言っているところには、テスのアレック殺害への罪の意識が多少は見られるのかもしれないが、それ以上に、そうせざるをえなかった、構造的な必然性の方が強く感じられる。

8　テスは新婚の夜の告白によるクレアとの気まずい口論の後でさえも、ダーバヴィル家の先祖の婚姻の間でひとりで寝て「安息の眠り」（repose）を得ていたので（１８３―８４）、このストーンヘンジで先祖と一体化して眠ろうとしたときも、それは「安息の眠り」であったろう。ただしこのストーンヘンジでの「眠り」についてはもうひとつ意味がある（第5章注8参照）。

第5章

1　たとえば本稿がテクストとして使っているノートン版第3版の脚注では、「ソロー」の典拠を「創世記」35：18の、ヤコブの妻ラケルが、みずからの死と引き換えに生んだ「ベノニ」（「悲しみの子（son of sorrow)」の意）に求めている。しかし、このベノニという名前の意味は聖書の注釈書に書かれている説明であって、「創世記」のテクストにそのような記述があるわけではない。当時ひろく流布していた聖書はおそらく欽定訳だろうし（クレア師の読んでいたのもそれ［２０６］）、テスが読んでいたのも同様だろうが、どんなヴァージョンであれ『創世記』の中のある句」がテクスト以外の注釈部分を指すと考えるのには無理がある。母親の命と引き換えに生まれた子が「悲しみの子」の意の名がつけられるのはさほど珍しくはなく、まずはトリスタン伝説に先例があるが、『テス』の場合は、死ぬのは母親ではなく子どもの方である。テスのソローは、アレックのレイプの結果生まれた子であるのだから、ここではむしろ、男が女の性を支配し、女は「苦しみ」（sorrow）のなかで子どもを産むことが述べられているくだりこそがまず想起されるべきだろう。（ただしハーディとトリスタン伝説については別に考えてみる必要があるかもしれない。）

2　この頭にかぶる「権威のしるし」とは、具体的には帽子やヴェールで、当時の教会での一般的な風習を表したもののようだが、この一節からはやはり、フリントコム-アッシュに現れたアレックが暗にパウロを引き合いに出しながら、テスのかぶっていた「帽子」に言及している次の箇所を想起せざるをえない。『その布を垂らした帽子（wing-bonnet）――君たち畑で働く娘たちは、危険にさらされたくなければそんな帽子はかぶっちゃいけないよ。』……皮肉な笑いを浮かべながら続けた。『あの独身の使徒［＝パウロ］だってそんなきれいな顔を見たらきっと誘惑されていただろうよ……。』」（２５９）ここはアレックの、その名は知らされてないながらもテスの夫エンジェル・クレアの「権威」を剥ぎ取り、自分がそれにとって代わろうとする姿が、またクレアもアレックもともに「女」の上に立つ「かしら」の「男」として描かれているのが、ここを含めた以下のパウロの手紙を背景に読みとれるだろう。

３　クレアがイズと分かれた直後、次のように記されている。「クレアもまた「イズと同様に」、その娘に別れを告げてから、胸は痛み、唇は震えていた。しかし彼の悲しみは、イズのためではなかった。」（２１３）クレアの「悲しみ」はこの期におよんでもテスとの別離のためのもので、どれほどイズの心を弄んで泣かせても、さして痛痒を感じてはいない。第２章注３参照。

４　ここで、ルクレティア（ルークリース）が夫の戦場からの帰還を待つあいだにトロイア陥落を描いた「壁かけの絵」を見ながら、トロイア滅亡とレイプによる自分の破滅を重ね合わせているところ（シェイクスピア『ルークリースの凌辱』１３６６―１５７５行）と、先のダーバヴィル家の先祖の女の復讐の意図のこもった「肖像画」とを、さらに重ね合わせてみてもいいだろう。シェイクスピアによれば、パリスによる「ヘレネ凌辱」（１３６９行）に対するギリシアの復讐がトロイアを滅ぼし、それと同様にタルクィニウスによるルクレティア凌辱に対する夫らの復讐がローマの王制を滅ぼしているので、この〈私〉のレイプに対する復讐が国や政治体制といった〈公〉の滅亡や革命に至る点では両者は重なり合っているし、同様にテスの〈私〉のレイプに対する復讐は、〈女全体〉の〈男全体〉に対する復讐や異議申し立てという〈公〉のそれになっているので、その点で二つの先例と重なり合うからである。

5

エンジェル・クレアが堕天使ルシフェルのイメージをになっているのは、他に第19章にそれとおぼしい箇所がある。楽園のようなタルボットヘイズでテスが、クレアの奏でるハープの音に耳を傾けながら、「魅せられた小鳥のように」その場を立ち去ることができなくなり、「立ち去るどころか」クレアの方に引き寄せられて近づくと、そこには「リンゴ」の木がはえていた（96）。「ハープ」が象徴的には天上で天使の奏でる楽器を表すことはよく知られているので、その意味ではエンジェルはたしかに「天使」であり、また「魅せられた小鳥のように」とは、第2章でも指摘したように、小鳥もその説教に耳を傾けたことで知られるアッシジの聖フランチェスコが想像されもするが、そのハープの音色がテスを誘った先には「リンゴ」の木がはえていたとあるからには、やはりこの「天使」は、一度は地獄に落とされながらも地上に舞い戻って蛇に乗り移り、イヴを誘って禁断の木の方へ連れて行った堕天使ルシフェルに他なるまい。この前の第18章にはミルトンへの言及もあり（93）、『失楽園』では「禁断の木」は「リンゴ」だった。

6　ニュー・フォレストの屋敷が「悲しみのない」(it apparently had no sorrow)ところだったと記されているのは、そこが〈楽園〉であることを表すとともに、この'sorrow'の語からはやはり、生まれて間もなく葬ったテスの子ども「ソロー」(Sorrow)が想起され、この屋敷はその「悲しみ」の果てに与えられた最後の〈楽園〉であるから、そこでの幸福なひとときをいとおしむテスの痛切な思いが伝わってくる。

7　このタルボットヘイズとストーンヘンジが〈楽園〉として「地続き」であることが、〈御狩場〉とフリントコム-アッシュが〈地獄〉として「地続き」であるのと対をなし、それぞれ「場所の一致」の法則に従っているかのようであることは、先に第4章注4で指摘したとおり。

8　テスがここで「眠り」に落ちているのは、後述するように、その間にテスを〈楽園〉から追放する大天使ミカエルと智天使《チェラブ》の一隊のイメージをになう警官が登場してクレアと話しているので、それは『失楽園』(11：367—69行)で、ミカエルがアダムに楽園追放後の世界のヴィジョンを示しながら語っている間、イヴを眠らせておいたとあるのに通じていよう。

9　序章の注6および7を参照。

引用文献（参照文献を含む）

Aeschylus. *Prometheus Bound.* Trans. Herbert Weir Smyth. The Loeb Classical Library. Cambridge, MA: Harvard UP, 1966. 引用に際しては次を参照した。Philip Vellacott, trans. *Prometheus Bound and Other Plays.* London: Penguin Books, 1961. 呉茂一訳「縛られたプロメーテウス」、『ギリシア悲劇全集Ⅰ』、人文書院、１９６８。

Frazer, James George. *The Golden Bough. The Magic Art and the Evolution of Kings.* Vol. 2. 3rd ed. 1911. London: Macmilan, 1955. 2 vols. 引用に際しては次を参照した。永橋卓介訳『金枝篇』、岩波書店、１９７３（第1巻）、１９７４（第2巻）。なおこの岩波文庫版全5巻は、原著の全13巻の簡約本（全1巻）の全訳。

Hardy, Thomas. *Tess of the d'Urbervilles.* Norton Critical Ed. 3rd ed. Scott Elledge. New York: Norton, 1991. 引用に際しては次を参照した。井出弘之訳『ダーバヴィル家のテス』、集英社ギャラリー［世界の文学］３、集英社、１９９０。井上宗次・石田英二訳『ダーバヴィル家のテス』、岩波書店（文庫、全2冊）、１９９５。

Jobes, Gertrude. *Dictionary of Mythology, Folklore and Symbols.* New York: Scarecrow Press, 1962.

Milton, John. *Paradise Lost.* 1667. Ed. Alastair Fowler. London: 1971. 引用に際しては次を参照した。平井正穂訳『失楽園』、岩波書店（文庫、全二冊）、１９９５。新井明訳『楽園の喪失』、大修館書店、１９７８。

―――. *Paradise Regain'd.* 1671. *The Complete Poetry of John Milton.* Ed. John T. Shawcross. New York: Doubleday, 1971. 引用に際しては次を参照した。新井明訳『楽園の回復・闘技士サムソン』、大修館書店、１９８２。

Ovid, *Fasti.* Trans. James George Frazer. 2nd ed. Rev. G.P. Goold. The Loeb Classical Library. Cambridge, MA: Harvard UP, rep., 1989. 引用に際しては次を参照した。A.J. Boyle and R.D. Woodard, trans. *Fasti.* London: Penguin Books, 2000. 高橋宏幸訳『祭暦』、国文社、１９９４。

―――, *Metamorphoses* (Book I-VIII). Trans. Frank Justus Miller. Rev. G.P. Goold. The Loeb Classical Library. Cambridge, MA: Harvard UP, 1994. 引用に際しては次を参照した。Allen Mandelbaum, trans. *The Metamorphoses of Ovid.* San Diego: Harcourt, 1993. 田中秀央・前田敬

作訳『転身物語』、人文書院、１９７６。中村善也訳『変身物語』、岩波書店（文庫、全二冊）、１９８１。次も同じ。

---. *Metamorphoses* (Book IX-XV). Trans. Frank Justus Miller. Rev. G.P. Goold. The Loeb Classical Library. Cambridge, MA: Harvard UP, rep., 1994.

Room, Adrian. *NTC's Classial Dictionary: The Origins of the Names of the Names of Characters in Classical Mythology.* Chicago: National Textbook, 1992.

Shakespeare, William. *Macbeth. The Complete Works of Shakespeare.* Oxford: Oxford UP, 1971.

---. *The Rape of Lucrece. The Complete Works of Shakespeare.* Oxford: Oxford UP, 1971.

Virgil. *Aeneid* (I-VI). Trans H. Rushton Fairclough. The Loeb Classical Library. Cambridge, MA: Harvard UP, rep. 1994. 引用に際しては次を参照した。C. Day Lewis, trans. *The Aeneid of Virgil.* New York: Doubleday, 1952. 泉井久之助訳『アエネーイス』、岩波書店（文庫、全二冊）、１９７６。岡道男・高橋宏幸訳『アエネーイス』、京都大学学術出版会、２００１。次も同じ。

---. *Aeneid* (VII-XII). Trans. H. Rushton Fairclough. The Loeb Classical Library. Cambridge, MA: Harvard UP, rep. 1986.

Vries, Ad de. *Dictionary of Symbols and Imagery.* 2nd ed. Rev. Amsterdam & London: North-

Holland Publishing, 1976. 引用に際しては次を参照した。山下主一郎他訳『イメージ・シンボル事典』、大修館書店、１９９５。

アリストテレス『詩学』、英訳 Ingram Bywater／訳注・笹山隆（対訳）、研究社、１９６８。引用に際しては次を参照した。藤沢令夫訳『詩学』、田中美知太郎・責任編集『アリストテレス』、世界の名著8、中央公論社、１９９６。今道友信訳『詩学』、『アリストテレス全集』17、岩波書店、１９７２。松本仁助・岡道男訳『詩学』、『アリストテレース詩学・ホラーティウス詩論』、岩波書店（文庫）、１９９７。

ウォラギネ、ヤコブス・デ『黄金伝説』第3巻、前田敬作・西井武訳、人文書院、１９９７。

ケレーニイ、カール『プロメテウス』、辻村誠三訳、法政大学出版局、１９８２。

あとがき

本書はトマス・ハーディの『ダーバヴィル家のテス』を、いわば〈ヤヌスの神話〉を鍵にして読み解こうとした試みである。

その内容についてはお読みいただくほかはないが、すでに出版されて一〇〇年以上たっているこの小説を、こんなふうに読み解こうとした試みはなかったのではないかと思われるのと、ハーディを専門的に研究してきたわけではない私のような者がこうした本を出すことについては、若干の説明をしておいた方がいいようにも思われるので、ここに至るまでの経緯を、いささか私事にわたることにもなるが、すこし書いておきたい。

私が初めてこの小説を読んだのは、今から三〇年ほど前の、大学院の一年目で、元中央大学教授・故瀬尾裕先生の授業においてだった。あらかじめ翻訳で読み通してはいたものの、初めて原文で読むハーディは、私にはずいぶん馴染みにくかった。正直に言うと、まず英語がむずかしかったし、辞書を頼りに何とか読み進んでいっても、この結婚前の男性関係が悲劇の原因になるという「女の一生もの」はいかにも古めかしく、通俗陳腐で、とてもおもしろいとは思えなかった。また物語の流れとはあまり関係なさそうなところにギリシア・ローマ神話や聖書やシェイクスピアなどの西欧文化史への言及がたびたび出てきて、知らないことはそのたびに調べねばならず、むろんそうしたこと自体が勉強でもあったのだが、それもたび重なればうんざりしてきて、時には作者あるいは語り手が知識をひけらかしているだけのようにも感じられて、腹が立ったりすることもしばしばあった。そうしたことが続くと、読むのも次第に苦痛になってきた。それでも何とか途中で脱落することなくついていったものの、最後の頃には、もう嫌だ、二度とハーディなんて読まないぞと、堅く心に誓ったりしていた。翌年、別の授業でフォークナーの『アブサロム、アブサロム！』を読み、「難解」との世評にもかかわらず、何か胸ぐらを掴まれてぐいぐい引きずり込まれていくような強烈な衝撃を受けたこともあり、それに比べるとなおのこと『テス』は、けっこう難しいくせにおもしろくもない嫌な作品として私の脳裡に刻まれてしまった。今にして思えば、単に自分の力不足への苛立ちを、それを思い知らせた作者や作品に八つ当たりしていただけだったのだが。

ところがそんなある日、瀬尾先生が、何かの話をしているときに、ふと、こんなことを言われた。

「……『イーニード』だよ。……うん、『イーニード』なんだ。……」

前後の記憶はまったくはっきりしないのだが、この部分だけはなぜか覚えていて、私はこれを、「『テス』の背景にあるのは）『イーニード』だよ……」と聞いていた。『イーニード』（*Aeneid*）とは、ウェルギリウスの『アエネイス』の英語読みで、この古代ローマの建国伝説を描く叙事詩が『テス』とどのように関わるのか、今にしてみれば興味津々だが、当時の私には、今も書いたように『テス』は「嫌な作品」以外の何ものでもなく、それ以上考えたくもなかった。ただ『テス』の背景にはどうやら『アエネイス』があるらしいことだけは記憶に残った。

それから二十数年がたち、瀬尾先生も亡くなられてしばらくたつ一九九五年に、ある知人が『テス』に関する大部な研究書を出版され、恵贈されたのをところどころ見ていたら、『アエネイス』や『金枝篇』などへの言及が散見された。すると、あのときの瀬尾先生の言葉が懐かしく思い出されて、ああ、今では『テス』と『アエネイス』の関係は定説になっているのかと思い、よく読んでみたら、どうもそうではなかった。その知人の『アエネイス』への言及の趣旨も別のところにあるようで、また少し調べてみたところ、『テス』と『アエネイス』の関係は定説でも何でもないようだった。――じゃあ、あのときの先生の言葉は何だったんだろう、もう一度『テス』を読み直してみようか、今にして思えば昔は自分の無知に苛立って拒否反応を起こしただけだったみたいだし、あれから二十年以上たっているのだから、もう自分にも読めるようになっているかもしれない、途中で嫌になったらやめればいいし、などと思い、昔の本を取り出してきた。

そうして読み直し始めたところ、いくつかのことに気がついた。まず読み始めてじきに、「門」や「ドア」などの出入口への言及が妙に多いのが気になってきた。特に第3章から4章にかけて、両親が酒場に行ったきり帰ってこないのを心配するテスが、弟を迎えに行かせたり当人が行ったりするあたりは「ドア」が何度も出てくるし、そういえば他にもあったような気がして前に戻ってみると、まず第2章でテスが初めて登場するときは「小門」を通っていた。――何なんだろう、何かありそうだな、と思い始めたときはすでに、本格的に読み直す気になってノートなどを用意していた。またさらに読み進んでいくうちに、昔は苛立ちもした、たびたび出てくるギリシア・ローマ神話や聖書などへの言及が気にならなくなってきた――というよりむしろ、それをも含めてテスの〈物語〉として捉えるべきハーディの〈語り〉の不可欠の要素であることも、分かってきた。

そうして最後まで読み進んできて、そこに引用されているアイスキュロスの「神々の司」という句についてあれこれ考えていると、一筋の糸が見えてきた。「神々の司」はアイスキュロスの『縛られたプロメテウス』の中の句で、オリュンポスの最高神ゼウスを指すものと言われている。そしてその『縛られたプロメテウス』とは、予見能力のあるプロメテウスが、放置すればゼウスと交わって将来ゼウスからその「神々の司」の地位を奪う息子を生むことになる女神テティスの名前を、前から知っていながら教えなかったために、腹を立てたゼウスが捕縛して冥界の地獄タルタロスに落とした神話に基づく悲劇だが、実はこの神話には続きがあって、それをたどってゆくと、のちのアエネアスによるローマ建国にまでつながっているからである。すなわち〈プロメテウスによる「テティス」の名前の教示〉↓〈ゼウスの「神々の司」の地位を守るためのテティスとペレウスの結婚式〉↓〈結婚式場に投げ込まれた『最も美しい女神へ』と記された黄金のリンゴを巡る三女神の争い〉↓〈アプロディテを勝者とするパリスの審判〉↓〈アプロディテの助力を得たパリスによるヘレネ略奪とトロイア戦争の勃発〉↓〈トロイア滅亡とアエネアスの脱出〉↓〈アエネアスのイタリア到着とローマ建国〉――という一連の物語が、「神々の司」の句から導き出されてくるわけで、要するに『縛られたプロメテウス』の遠い後日譚に『アエネイス』(『イーニード』)があったのである。「……『イーニード』だよ。……」と瀬尾先生が言っていたのは、このことだったのだろうか?

そのことをまたあれこれ考えていると、『テス』の最後の「神々の司」への言及には、もしかするとテスの物語の背景に一連の古代ローマの建国伝説を読みとるように求めるメッセージが隠されているのではないか、と思えてきた。またそうすると、たとえばテスが第2章で初めて登場するときの、古代ローマの豊穣神ケレスにちなむケレアリアの祭の練り歩きをしている姿もなるほどと思えてくるし、その後アレックにレイプされたテスがルクレティアになぞらえられているのも、もっともなことと思えてくる。このローマの王制が倒れて共和制が始まるきっかけになったルクレティア（英語では「ルークリース」）のレイプ事件を題材にシェイクスピアは『ルークリースの凌辱』を書いているが、アレックにレイプされたテスが教訓として得た「美しい小鳥がさえずるところにも蛇がシューシュー音をたてている」（12章）とは、そのシェイクスピアから引用である。ハーディのルクレティアへの拘泥はさらにつづき、肉体は汚されても心の清純さは失わなかった先例として、第35章でテスはふたたびルクレティアにたとえられることになる。

とすると、このメッセージを解読するためのコードは何なのだろう――あの「門」や「ドア」などの出入口への言及の多さはそれと何か関係があるのだろうか？　そこで思い当たったのが、テスを悲劇に導く二人の男の名前――「クレア」（Clare）と「アレック」（Alec）だった。この二人の名前は、よく見れば一字違いのアナグラムになっているし、またその他の登場人物の名前を注意してみると、テスの両親の名前が「ジョン」（John）と「ジョーン」（Joan）というふうに、これまた一字違いの同名になっている（Joan は John の女性形）。またこの父親が初めて登場する第1章では、当人は「ジョン」の愛称の「ジャック」を名乗っているが、この名前と愛称の二重性は、その後タルボットヘイズの酪農場の主人の名前「リチャード」とその愛称「ディック」に変換され、しかもこの人物は「二重人格者」（第17章）

とされているので、この同一人物の二重人格性はさらに変換されて元に戻り、クレアとアレックの名前の一字違いのアナグラムの意味を解き明かす鍵になっているのではないか、と思えてきた。つまり一見「天使」と「悪魔」のような正反対の性格を持ちながら、よく考えてみれば「自己中心的」な点では共通する「クレア」と「アレック」とは、ある意味では同一人物の二面性を表しているのではないかと。テスという一人の〈女〉に対峙する一人の〈男〉の二つの面を、このアナグラマティックな名前は表しているのではないかと。そして、この二つの面を持った一人の男をローマ神話のコンテクストにおいてみると――そう、そこに浮かび上がってきたのが、正反対の方向を向いた二つの顔を持ちながら、しかもその二つの顔で「門」や「ドア」などの出入口の前後を同時に見張る双面の門神ヤヌスだった。とすれば、この〈ヤヌスの神話〉を鍵もしくはコードにして『テス』を読み解いていけば、何か新しいことが見えてくるのではないか?

また『テス』には、もうひとつ重要なコードとしてアダムとイヴの楽園喪失神話が見えているが、それとローマ建国伝説との関係についても、ヤヌスが鍵になっているのではないか、と思えてきた。最後のストーンヘンジの場面で、テスを捕まえに東西と左右の四方向から近づいてくる警官とおぼしい四人の男たちは、自分たちの数は「十六」であるといって妙に具体的な数をあげているが、この四人の四倍の数についても、ミルトンの『失楽園』第11巻で、アダムとイヴを楽園から追放しに向かう智天使《チェラブ》の一隊がそれぞれ四つの顔を持つ「二重のヤヌス」(double Janus) にたとえられていたのが鍵になっているのではないかと。四人の警官がそれぞれ四つの〈顔〉を持っていれば、合わせて〈十六〉になるからで、とすればヤヌスは、楽園喪失神話とローマ建国伝説のコード変換の鍵としても、重要な役割をになっているのではないかと。——基本的にはこんなふうに考えて、本書は書かれることになった。

こうしてみると、私が『テス』を再読し、それについていろいろ考えさせてくれる最も大きなきっかけになったのは、やはり瀬尾先生のあの一言だったと言わねばならない。「……『イーニード』だよ。……」——本書はすべてこの一言から始まっている。もしこの一言がなければ、まず私が『テス』を読み直すことはなかったし、このような本にまとめられるようなことを考えることもなかっただろう。そして『テス』は私にとって依然として「嫌な作品」のままであっただろうと思う。先生のその言葉の趣旨が奈辺にあったのかは、実は必ずしも正確には分からないし、また今となっては直接先生に確かめることもできないが、先生の言葉を出発点にして、その後は私なりに考えて書きつづっていった本書が、先生のお考えと途方もなくずれていたり、さらにはそれを踏みにじったりするようなものでないことを望むばかりである。

本書は、一九九七年と九八年の二回に分けて『立正大学文学部研究紀要』(第一三、一四号) に掲載した同じ表題の論文に手を加えたものである。本にするにあたっては「立正大学石橋湛山記念基金」より助成を受けた。記して感謝申し上げる。また快く出版を引き受けて下さった文化書房博文社社長・鈴木貞義氏、ならびに編集長・天野義夫氏にあつくお礼申し上げる。

二〇〇一年八月

安達秀夫

電子版に寄せて――ヤヌスは顕現する

本書はイギリスの小説家・詩人トマス・ハーディの『テス』の略称で呼ばれることの多い長編小説『ダーバヴィル家のテス』（一八九一）を、ローマ神話の双面神ヤヌスを鍵にして読み解こうとする試みで、二〇〇一年に出版された。『テス』は出版から一三〇年以上たち、作者の代表作とも最高傑作とも評され、数多くの研究成果も提出されている作品で、それについて屋上屋を架すかのように、しかもこんな誰も聞いたことのないような独りよがりの、奇矯で素っ頓狂とも聞こえかねない解釈を出しても、単に奇をてらっただけの、怪しげな珍品のように見られるだけかもしれない。そもそもヤヌスとはどんな神様なのか、作品中どこかに隠れているのか、いないのか、どこをどう探せばいいのか、またそれを解釈の鍵にするとはどういうことなのか――。詳細は本論をお読みいただくほかはないが、とはいえ本書も出版から二〇年以上がたち、その間に出されたすぐれた研究成果もあるだろうし、また筆者自身も新たに気づいたことや、改めて考えたこともあり（特に「東方三博士」による「顕現」について）、ここではそのあたりを中心に補筆、加筆しながら、本書の主旨をより明解かつ明快にし、この電子書籍化を機に一層の充実を図りたいと思っている。

すでに本論でも指摘したように『テス』がギリシア・ローマ神話や聖書やシェイクスピアや、ミルトンや、その他イギリスではよく知られた文学や歴史や伝説・伝承などを踏まえ、そこからの引用や借用や援用などを数多く織込みながら小説づくりがなされていたことはよく知られている。そうした物語の本筋や中心から外れた、字義通りエクセントリックな、周辺的で抹消的なところにも、実は「鍵」はひそんでいる。誰が言ったか、「神は細部に宿る」とも言われており、それにあやかって、というか都合よくそれに便乗して、細々《こまごま》とした些末的なところにヤヌスを探そうとすると、そう、たしかに「顕現」している。

ヤヌスは「神」であるがゆえに遍在するも姿は見せず、されどテスにとって重大かつ深刻な、クリティカルな時と所には「顕現《リヴィール》」する。たとえばクリスマス（十二月二十五日）の生誕後十二日目（一月六日）にいわゆる「東方三博士」がベツレヘムに架かる星に導かれて来訪し、幼子イエスに礼拝してその神性が公に顕《あきら》かにされたとするのが「顕現日／公現日／エピファニー」で、その夜に盛大な祝宴が催されたことはシェイクスピアの『十二夜』の表題の由来でも知られるとおりだが、『テス』では、たとえば大晦日から元日にかけてのテスとクレアの結婚と、初夜のそれぞれの過去についての告白と諍《いさか》いと、数日後の別離の折りには、キリストのようにヤヌスは「顕現」している。別離後ひとり実家に帰る途中でテスは、街道の「通行税取り立て門（turnpike-gate）」で税を徴収する「門番（turnpike-keeper）」と遭遇しているが、この門番は、元日に前任の老人から引き継いだ新任であり、つまりこの門番は年の変わり目に現れて往く年を見送り、来る年を迎え、何かと凶事の起こりやすい年の変わり目を無事に通過できるようその双面で同時に旧年と新年を見張るヤヌスの姿そのもの、その属性が小説の登場人物《キャラクター》として肉体を与えられ、文字通り具体化され、具現化された姿だろう。

またこの門番はテスとは初対面なのに、全知の神ゆえか、テスの一族についてもよく知っていて、「ローマ人の時代に破産した」（２００）と言っている。これはイギリスが一世紀中頃から五世紀初めまで古代ローマ帝国の属州としてその支配下に置かれ、その後十一世紀にテスの先祖サー・ペイガン・ダーバヴィル（Sir Pagan d'Urberville）がフランスのノルマンディからウィリアム征服王に従ってイギリスに渡来し、その後繁栄しながらも、時代の変遷のなかで「破産」したり、苗字も「ダービフィールドに廃れた（worn away to Darbeyfield）」（29）のだろうが、十九世紀後半のテスの時代でも、ローマ時代の名残の穀物神／豊穣神ケレスにちなむケレアリアの祭りの練り歩きをしていたと冒頭第二章にあるとおり、ローマの影響は細々《ほそぼそ》ながら連綿と続いていたのであり、だから門番の言うこともあながち時代錯誤とは言えず、むしろこの「ヤヌスの月」（January は Janus に因《ちな》む）の元日に着任した門番には、ローマ神話の門神の世を忍ぶ仮の姿を、その「顕現（revelation）」を、見ることができるのである。

ヤヌスはまた最後のストーンヘンジでも「二重のヤヌス」として顕現している。『テス』ではミルトンへの言及や引用が少なからずあり、『失楽園』でアダムとイヴが楽園から追放されるとき、初めに大天使ミカエルに従う智天使《チェラブ》の一隊が、追放が無事に遂行されるよう注意深く見張るために現れるが、彼らは「…それぞれ四面を／持つ二重のヤヌスのように…（...four faces each/Had, like a double Janus, ...）」（11：128―29行）とあり、テスがアレック殺害の容疑で逮捕されるとき、警官とおぼしい四人の男たちが「東」と「西」と「右」と「左」の四方向から近づいてきて、自分たちは「十六人」いると言っている（312）。――この「十六人」という数はどう説明がつくのか。四人しかいないはずなのに、十六人とは――。謎解きの鍵《ヒント》はやはりヤヌスで、それぞれ四つの顔を持つ「二重のヤヌス」が四方向から現れれば合計十六人になるだろう。ヤヌスはここではミルトンを媒介としてその名を明かしつつ「顕現」していると言っていいだろう。むしろこの「十六人」から逆算してミルトンに至り、さらにヤヌスに至るようにとの暗示的なメッセージを読み取った方がいいのではないか。

さらに極めつきとも言うべきは、物語も終盤に近づき、夫のクレアが農業研修でブラジルに行ったまま帰って来ず、テスが厳冬のさなかフリントコム-アッシュという「燧石《フリント》」だらけの荒蕪地で、わずかに生えた蕪《かぶ》を熊手で掘り起こす過酷な重労働に従事していたところにアレックが現れて、テスが結婚しているのに放置されているのを知ったとき、次のように言うところである。「彼［クレア］とは一度も会ったことはないし、名前を聞いたこともない、まるで神話の登場人物みたいだな。［中略］彼の見えない顔に祝福あれ！」（２６０）――「神話の登場人物（mythological personage）」とは、女房をほったらかして苦労させている甲斐性無しの亭主を皮肉って、そんな実《じつ》のない、居るんだか居ないんだか分からないような旦那なら、今こそオレの出番だとばかりに、不在の夫に感謝を込めて祝福しつつ、あらためて愛人になるよう迫り、その後実際にそのようになってもいるので、ここでは実体のない、想像上の「架空《ミソロジカル》」の人物の意味で貶《けな》して言っているのだろうが、やはりここでもローマ神話のヤヌスという文字通り「神話の登場人物」を想起すべきだろう。ヤヌスの双面は常に逆を向き、一方の面にはもう一方の面は決して「見えない」し、名前も双面合わせてヤヌスなので、片面だけの名前はアレックのみならず誰も「聞いたこともない」はずだから。むしろこのように会ったこともなければ聞いたこともないと殊更に言っているところにこそ意味があると言うべきで、これも神話のヤヌスを逆説的に浮かび上がらせる創意と工夫だったのだろう。この後テスがふたたびアレックの愛人になって「青鷺荘《ザ・ヘロンズ》」で暮らしているところにクレアが訪ねて来たとき、クレアとアレックは同じ家の中にいるのに決して顔を合わせることがないのも（２９６―９８）、二人が双面のヤヌスであることを如実に、端的かつ象徴的に表していた。

＊

ここで顕現／公現／エピファニーについて付言すれば、「エピファニー」の語は二十世紀に入ってアイルランドの作家・詩人ジェイムズ・ジョイス（一八八二—一九四一）が、単に神や神性や聖人などの「出現」といった宗教的な意味にとどまらず、より広い意味でとらえ直して、日常ごく当たり前に出会ったり耳にしたりする様々な出来事や事柄の中に、あるとき卒然とそうしたものの本質に気がつく、その「気づき」や「ひらめき」や「目覚め」や、ジョイス自身の言葉では「突然の精神的顕示（sudden spiritual manifestation）」の意味で使うようになってから、様々な分野でとらえ直され、そうした顕示は無から生ずる偶然の暁光を待つのとは違い、それまでの思考や経験などの積み重ねから、ある瞬間に内部から自ずと立ち現れてくる強烈な光のようなものとして、あるいは物事の本質がそれまでの漠然としたものから突如として明快に、鮮烈にその姿かたちを現してくるような、そんな瞬時の認識の仕方を意味するようになり、さらにそうして得られた認識を、言語や絵画や音楽などの各媒体を通じて表現する行為全般についても使われるようになった。ジョイスは自伝的小説『若い芸術家の肖像』（一九一六）の原型とも下書きとも初稿とも言われる小説「スティーヴン・ヒーロー」で、語り手は主人公について、「エピファニーという語によって、彼は、卑俗な言葉や仕草においてであろうと、精神それ自体の記憶すべき相においてであろうと、突然の精神的顕示を意味した。このようなエピファニーは、それ自体きわめて繊細で束の間の出来事でもあるので、それらを細心の注意をはらって記述するのが文学者の義務であると思った」と書いている（『スティーヴン・ヒーロー：「若い芸術家の肖像」の初稿断片』第二五章、永原和夫訳、松柏社）。——『テス』では公現祭の時期に街道筋で「門番」に出会ったり、ストーンヘンジではミルトンを媒介して四面を持つ「二重のヤヌス」に身をやつした四人（合計十六人）の警官と遭遇したり、フリントコム－アッシュでは双面の片面のアレックがもう一方の片面のクレアを「神話の登場人物」と呼んだりしていたが、こうした物語の進行・展開に即して主人公の身に当然に起こりうる様々な、細々《こまごま》とした、「卑俗（vulgarity）」でさえあるような些末的な出来事や事柄を描きながら、それぞれのところで神話のヤヌスが顕《あらわ》わに姿を現すように、つまり「顕現」するようになっている。

さらに物語をさかのぼって、テスがエンジェル・クレアと初めて出会うときも、クレアは二人の兄フエリックスとカスバートと三人で聖霊降臨祭（復活祭後の第七日曜日）の休暇の旅行中で、三人そろって街道そばの「門にもたれかかり」、テスら村娘たちのケレアリアの祭りに起源を持つ五月祭の踊りを眺めているところから登場するが、末弟エンジェルだけが「門を開け」て踊りの輪の中に入り（9）、この出会いからクレアのみならずテスも若い盛りで洋々たる人生への「入門」を果たしていることを思えば、クレア三兄弟の登場から始まるテスの人生は、東方三博士の来訪と礼拝から始まるイエス・キリストの生涯とも重なって見えてくる。特に次兄カスバート（Cuthburt）は、六世紀頃のイングランド北東部の「ノーサンブリア王国の使徒（The apostle of Northumbria）」（*OED*）の名前であり、また中世初期のイングランドのケルト系キリスト教の聖人の名でもあり、作者には馴染みのある名前だったろうが、それ以上にここで注目し、傾聴すべきは、三博士の一人「カスパール（Caspar）」と「音《おん》」が響き合っている点だろう。カスパートの名がカスパールの異形《ヴァリアント》とは言えないまでも、ハーディの登場人物の名づけの仕方は、後でライザールーについてより詳しく触れるが、字面《じづら》／綴《つづ》り字《じ》だけでなく音韻《おんいん》／音《おん》も重要な要素になっており、その点からも「クレア三兄弟」は「東方三博士」をモデルにしていることの一端を示しているようにも思えてくる（他の二人については後述）。

三兄弟は架空の書物である『不可知論反駁』(*A Counterblast to Agnosticism*)というその表題から、神の存在は知り得ぬとする「不可知論」に反駁して従来の信仰を護るために書かれたと考えられる書物を読むために、とりあえず踊りに参加するエンジェルは残して先を急ぐというエピソードがあり（9）、同様に三博士も、ユダヤの地に新たに「王（king）」が誕生したと聞いたヘロデ大王が従来の王の立場を護るために、イエスを殺したいのに誕生地が分からないのでとりあえず「二歳以下の男子」はすべて殺したいわゆる「幼児虐殺」もあって、礼拝後は誕生地を教えに戻って来るよう命じたヘロデ大王を避け、別の道を先を急いで帰途についたエピソードとも重なって見えてくる（マタイ伝二：一―一八）。――そうであるならこの東方三博士が礼拝したことでその神性が公に認められたキリストの「顕現」は、『テス』ではテスの物語の始まりから周到に準備されていたことになり、また三兄弟が「門にもたれかかっていた（They leant over the gate）」というのも、これ以後の成り行きはすべて「門神」にゆだねていたようにも見えてくる（lean はその意味の懸詞《かけことば》だろう）。こうした一見ふつうの、小説なら当たり前の物語の進行や展開を記しているだけのように見えながら、実はそんな中にもヤヌスを潜ませるという手の込んだ顕現《エピファニー》のさせ方も、ジョイス的に言えばハーディなりの「細心の注意（extreme care）」の結果だろうし、むしろこの本質的なものが自ずと立ち現れてくるかに見える顕現のプロセス自体が『テス』の小説づくりの一貫した方法だったようにも思えてくる。

*

この東方三博士の礼拝についてはもう一点指摘しておく。伝承では三人の名は今のカスパールのほかバルタザール（Barthazar）とメルキオール（Melchior）で、聖書にその名は出てないが、マタイ伝では三博士は三つの「贈り物」を持ってきている。（だから博士の数は「三人」だったとも言われている。）すなわち「黄金（gold）」と「乳香（frankicense）」と「没薬（myrrh）」（一：一一）で、これが現在のクリスマス・プレゼントの起源とも言われるが、テスにも結婚式の晩には「贈り物」が届けられる。クレアが新婚の数日を過ごすために借りた家に「エンジェル」の洗礼名を贈った名づけ親《ゴッドマザー》のピトニー夫人から、遺言で将来エンジェルの妻となる女性にと遺贈され銀行で保管されていたダイアモンドを含む、ペンダント付きのネックレスやブレスレットやイア・リングなどの貴金属類が、父親の老クレア師の手紙を添えて「ある特別な使者（a special messenger）」によって届けられてくる（１７２）。これが東方三博士の贈り物を踏まえたものであるのは容易に想像されるが、このあたりの記述でもう一点注目すべきは、この「特別な使者」が何者かというのもさることながら、ほぼ同時刻にもう一人ジョナサン・ケイル（Jonathan Kail）というテスが働いていた酪農場の使用人が、テスの着替えなどの荷物を届けるはずなのに約束の時間に遅れ、心配しながら待っていたところにようやく到着し、遅れた理由として、レッティ・プリッドル（Retty Priddle）という乳搾り娘の仲間でテスと同様にクレアに恋をしていた少女が、クレアはテスを選んで自分は失恋したのだから死なねばならぬと短絡的に思い定めて入水《じゅすい》自殺を図り、誰もが死んだと思っていたところで息を吹き返す事件があったからだという（１７４）。――ここで大方の読者が連想するのがシェイクスピアの『ロミオとジュリエット』の終幕で、修道士ロレンスの調合した薬を飲んで仮死状態になったジュリエットが、誰もが死んだと思って墓所に埋葬したところ、それを見ていたロミオの召使いのバルサザー（「バルタザール」の英語発音）が事情を知らぬまま急いでロミオに伝え、これも別の修道士ジョンの連絡ミスで事情を知らぬロミオが後を追うべく毒薬を手に入れてジュリエットの傍《かたわ》らで自殺すると、ジュリエットが息を吹き返し、ロミオの亡骸を見て彼の短剣で自分の胸を突いて死ぬという有名な「行き違い」による悲劇のクライマックスである。レッティは乳搾り娘たちの中では「可愛い赤毛の最年少」（１０７）とあり、「赤毛（red-haired）」は通説／俗説では「気性が激しい」ことで知られているので、失恋即入水という激しくも幼い、思い定めたらまっしぐらの、まだ「十四歳まであと二週間と数日」(1:3:15)というジュリエットを彷彿とさせる直情径行ぶりに重ね合わせてレッティの性格と行動を説明していたのだろう。

(なお「レッティ」はマーガレット[Margaret]の語末に愛称的な指小辞を付した名前だろうが、史上数いるだろう有名な「マーガレット/[仏]マルグリット/愛称マルゴ」の中で誰に関連するのか、あるいは誰をモデルにしていたのかは必ずしも判然とはしないが、恐らくフランスの作家アレクサンドル・デュマ・ペール[父]の小説『王妃マルゴ』[一八四五]で有名な、国王アンリ四世の最初の王妃マルグリット・ドゥ・ヴァロア/[英語名]マーガレット・オヴ・ヴァロアだろう。ハーディは伝記では十代半ばでフランス語を学び、デュマ・ペールの作品も読んでおり[F. B. Pinion, Thomas *Hardy: His Life and Friends*, 35.]、また後述するように人名の「アナグラム」についてもここには先例がある。)

ロミオの召使い「バルサザー」(Balthasar の綴りは Balthazar の異形《ヴァリアント》)は『ヴェニスの商人』でもポーシャの召使いとして出ていて、シェイクスピアには馴染みの名前だったのだろうが、ここではやはり同名の東方三博士の一人バルタザールを思い浮かべたらいいだろう。先のクレアの次兄カスバートとカスパールの「音《おん》」の響き合う関係も思い起こせば、残りは「メルキオール」だけになるので、もう名前を明記する必要はなく、聖母子には黄金の、テスには貴金属の「贈り物」を届けに来た人物としては「ある特別な使者」と書けば充分である以上に、さらに両者を含み得るのでかえって都合はいいし、むしろ名前を伏せて読者にこの特別な使者が何者かを考えさせ、その答えとして「東方三博士」の一人を導き出させようと考えられたのではなかったか。つまりここでは《メルキオール＝ある特別な使者》と、《バルタザール＝バルサザー》と、《カスパール＝カスバート》とが「鍵」となって、「贈り物」と、「名前の綴《つづ》り」と、「名前の音《おん》」を重ね合わせながら、東方三博士の礼拝を、すなわち「顕現《エピファニー》」を浮かび上がらせ、そのことをクレア三兄弟を通じて間接的に読み手に伝えていたことになるだろう。「顕現」それ自体もけっこう複雑なプロセスを経て顕《あきら》かにされていたということでもある。

＊

テスが最後にたどり着いたストーンヘンジは、イギリス南部ウィルトシャー州のソールズベリー平原にある紀元前三〇〇〇年頃から紀元前二〇〇〇年頃の間に段階的に造られた石の建造物で、直径約一一〇メートルの大きな円形の溝《ディッチ》で囲まれた外周の中の、直径約三〇メートルの巨大な環状列石《ストーン・サークル》である。高さ約七メートルの縦石の上に横石が置かれて円環状に幾つも並べられ、さらにその内側に「門」の形に積まれた「三石塔（trilithon）」（左右二本の縦石の上に横石を置いた構造物）が五基、間隔を空けてこれも環状に置かれ、中心の「祭壇石（altar stone）」を取り囲んでいる。環状列石の北東から外に伸び出る通路《アヴェニュー》と呼ばれる道があり、その先約九〇メートルに「ヒール・ストーン（heel stone）」と呼ばれる高さ約六メートルの石柱が一本立っており（往時は通路をはさんで二本あったと言われる）、このヒール・ストーンとストーンヘンジの間を夏至の明け方の曙光と冬至の日没の太陽光線がまっすぐ貫通するようになっていた。すなわち夏至の明け方には北東のヒール・ストーン（たぶん二本の間）から昇る太陽がストーンヘンジ中央の祭壇石を照射し、冬至の日暮れには南西の列柱石の間に太陽が沈むことになる。（現在ヒール・ストーン横の通路の反対側のかってもう一本立っていたあたりに「冬至の日没（Midwinter Sunset）」と刻印された石標が置かれている。）ここではかつて古代ブリトン人による太陽信仰があり、太陽神に捧げる生け贄の儀式が執り行われていたとも言われている。――『テス』第五八章にはこのあたりを踏まえた叙述があり、そこでテスはその「祭壇（altar）」（311）の「長方形の分厚い石版」（310）の上に横たわり、「北東の柱と柱の間の横石」（312）（たぶん三石塔）を通って曙光が昇りはじめるさなか安息の眠り《リポーズ》に就き、そこでテスは警官に逮捕されているので、それは異教の神への生け贄のように見えると同時に、まさしくキリスト教の「聖体遷置所（altar of repose）」に置かれた聖体とも重なって見える。（「聖体」はキリストの身代わりの聖別されたパンの意で儀式などで使われる。）実際このストーンヘンジの場面はキリスト教と先史時代の異教の二つのコードで書かれていると言っていいほどで、異教とキリスト教の影が渾然一体となってテスの「生け贄」としての側面を浮き彫りにしている。――生け贄とはすなわち、理不尽な「男性優越主義」の犠牲に供された「生け贄」の女性としてのテスということだ。

もちろんこの男性優越主義を代表し、象徴するのがエンジェル・クレアとアレック・ダーバヴィルで、この一見正反対の、真逆に見える二人の男は、実は「性」に関しては男性優越／女性蔑視という同じ本性を根深く持っている。アレックはテスをレイプしてその後愛人として囲い、クレアは自分の婚前の「見知らぬ女との四八時間の遊蕩」（１７７）は許されて然るべきだが、新妻の婚前の男性関係は許せないという、はなはだ自分勝手な、男性優越主義に凝り固まっている。クレアは一見「進歩的で悪意のない若者（advanced and well-meaning young man）」（２０８）と見え、自分でもそう思い込んでいるらしいところがかえって始末が悪い。この三人の関係性のありようを単純化して示せば、二人の男が寄ってたかって一人の女を翻弄・愚弄し、文字通り嬲《なぶ》り者にしている格好だろう。なるほどクレアはその後は反省して許しを乞うもテスに「遅すぎた」（２９８）と言われ、再度弁明しても再度「遅すぎた」（同）と言われ、アレックも一度は前非を悔いて「改宗者／改心者（The Convert）」（第六局面表題）となり、「説教者（preacher）」としてアフリカ伝道にまで行こうとするも（２４７）、その後テスと再会すればまたぞろ欲望を再燃させ、説教者はあっさりやめて、家族の困窮に付け込んで再びテスを愛人にする。アレックの家族名「ダーバヴィル」は元は「ストーク（Stoke）」という名の、成功した商人の父親が「金貸し」もしていたらしい少々不名誉な前歴を隠すためにも、大英博物館で没落した貴族の名前を見つけて「接ぎ木（graft）」もしくは「結合（annex）」して「ストークーダーバヴィル」と複合名を名乗り、そのうち「ストーク」が消えて「ダーバヴィル」だけになった「偽物」で（２７―２８）、クレアの洗礼名「エンジェル」も「間違えて名付けられたエンジェル」（２６６）と語り手に言われているように、「天使《エンジェル》」とは名ばかりの偽物で、両者の「偽物」の部分は無視して「本物」だけを見ると、クレア（Clare）とアレック（Alec）は一字違いのアナグラム（綴り替え）であることが分かる。同じ文字を使いながら配列を替えて別の人物名を作り、一見二人は別人かと思いきや実は似たり寄ったりの、本質的には同じ「男」であることが分かる。アナグラムはそのためのテクニークで、顔はそれぞれ違っても男性優越主義という本体もしくは本性はまったく同じの、「クレア＝アレック」と称すべき双面一体のヤヌスの姿が浮かんでくるだろう。

（なお彼らの「男性優越主義」の淵源にクレアの実の父親であると同時に「説教師アレック」の信仰上の父でもあった牧師の老クレア師の奉じた「パウロ主義」があったことは本論５（１）を参照。またテスがクレアと結ばれるには「クレア＝アレック」の悪しき片面のアレックを抹殺しなければならなかった過程については本論１（１）（２）および４（２）を参照。今のクレアとアレックの「一字違いのアナグラム」についても付言すれば、先に少し触れたアレクサンドル・デュマの『王妃マルゴ』に先例があった。マルゴの夫で、フランス王シャルル九世の義弟で親友のナヴァール王アンリ・ドゥ・ブルボン（後のフランス王でブルボン王朝の開祖アンリ四世）は「アナグラムの名人」として知られており、シャルルの寵姫マリー・トゥーシェ［Marie Touchet］の名前から、「私はすべてを魅了する」［Je charme tout］という《i》を《j》に替えただけの一字違いのアナグラムを即席で作って披露したというエピソードがある（第三六章「アナグラム」）。先に見た《マルゴ＝マルグリット＝マーガレット＝レッティ》の仏語と英語の本名と愛称の連鎖的な関係を踏まえれば、Clare の《r》を取って残りを並べ替えれば Alec になるという、この一字違いのアナグラムの淵源もこのあたりに見出すことができるかもしれない。アレックについても、本名「アレクサンダー（Alexander）」［28］がもっぱら愛称の「アレック」で呼ばれていたのも当然ながらこれに関連して意味があるだろうし、むしろアレクサンダーの一般的な愛称「アレックス［Alex］」ではなく「アレック」にしたのは、このクレアとのアナグラムのためだったのではないかとも思えてくる。（ちなみにアレックの元の苗字 Stoke についても、テスの行く先々を執拗に追い回しているこことから、二重母音を長母音に読み替えて Stalk とすれば今で言う「ストーカー」としていかにもアレックらしくなり、また Clare と Alec は逆に読むとアナニム／回文(ananym/palindrome/back slang)でもあるから、ブラジルから帰国後クレアがテスを探してあちこち尋ね歩いているところも重なって見えてくる。

＊

テスはまたストーンヘンジに着いてすぐに、「母の祖先（my mother's people）」が昔このあたりで「羊飼い（shepherd）」をしていたと言っているが（３１０）、たしかに、たとえば十八〜十九世紀の画家J・M・ウィリアム・ターナーの『ストーンヘンジの放牧』や『ウィルトシャー州ストーンヘンジ』（一八二九）で描かれ、また「ウィルトシャー」の名の純白で角が丸く曲がった種の羊でも知られているように、実際にここでは羊が放牧されていたようだが、そんな「事実」が問題なのではない。かつて少年のころ「羊飼い」だったことで知られているダヴィデ王の血筋を引く生母／聖母マリアから生まれたイエス・キリストに、テスが重ね合わされていた暗示をこそ読み取る必要があるだろう（ダヴィデの「羊飼い」は1サムエル16：19を、イエスがダヴィデの子孫であることはローマ1：3他を参照、なお聖母は「処女懐胎」なので養父ヨセフと血のつながりはない）。またマタイ伝やヨハネ伝によれば「羊飼い」、「善き羊飼い」とはすなわちキリストの譬《たとえ》であり、そんな先祖や謂われを持つテスは、逮捕されるときもキリストのそれに重ね合わされている。またテスの「受難」を描く際にはクレアもそれなりに役割を与えられていて、テスはクレアに、自分たちが死んだ後でもふたたび会えるかと質問しているが（３１１）、クレアはそれに対して「彼自身より偉大な方［＝キリスト］のように、この危機的な時《クリティカル・タイム》に危機的な問い《クリティカル・クエスチョン》には答えなかった」とある（３１２）。この箇所についてノートン版『テス』（原書）の第三版は脚注で、「マタイ伝」第二六章六二―六三節に由来すると典拠を示している。同様の記述（一部）は「ヨハネ伝」第一九章九節にもある。内容は、イエスが逮捕される直前に、神の宮を打ち壊して三日で立て直すと公言したことの真偽を、大祭司カヤパに質《ただ》されたとき黙して答えなかったエピソードを踏まえたもので、「神の宮」とは自分の「身体」で、処刑されたら「三日」で復活することの比喩だったため、そんな神を冒瀆するような答えを引き出すクリティカルな質問にはすぐには答えなかったというものだが、テスの質問は、実は彼女自身の「復活」を念頭に置いていたように見える。イエスはその後逮捕され、処刑され、三日後に復活するが、同様にテスも、このあと逮捕され、処刑され、妹ライザ-ルーが「身代わり」となって「復活」するからだ。

テスが祭壇石に横たわりながら、唐突に「ライザ-ルー」の名前を口にして、自分が死んだら妹と結婚して欲しいと言い、クレアも義妹である点に少し躊躇しながらも応諾して、次の最終章で二人がテスの刑死を確認し、祈りを捧げ、手に手をとって去って行くとき、ライザ-ルーが「テスの霊化された似姿(spiritualized image of Tess)」（３１３）だったと書かれているのが、テスの「霊」による復活を表していよう。キリストの復活も生身ではなく「霊」によるものだったとはよく言われるところではある。クレアがテスの問いにすぐに答えられなかったのは、元々牧師の父や兄たちと違ってキリスト教信仰に強い疑念を持っていた彼には、霊によるか否かは別に死んだ人間が生き返るなど現実的に考えにくいことだったろうし、そんなクレアにテスがひどく落胆して「押し殺すようなすすり泣き(suppressed sob)」

をしているのも（311）、何よりも願う「復活」が覚束《おぼつか》なくなり不安になったためだろう。

このライザールーは登場人物としてはたまに名前が出てくるだけで、大した役ではないかに見えるが、他の兄弟姉妹と違って二つの名前をつなげた「複合名」を持ち、テスの最期では余人をもって替えがたい重要な役割を果たしている。（この複合名の先例はアレックの苗字「ストークーダーバヴィル」で見たとおり。）その名前「ライザールー」は「エライザールイーザ（Eliza-Louisa）」（14）という本名を短縮した愛称で、前半の「エライザ」は元は「エリザベス（Elizabeth）」で、その愛称は他に「ベス（Beth）」や「リズ（Liz）」や「エリー（Elly）」などもあるが、ここで注目、と言うより傾聴すべきは「エリー」で、テスが最後に祭壇石上で「エリー」を内に秘めた「ライザールー」の名前を口にした時、あたかも十字架上でイエスが最後に口にした言葉――「エリ、エリ、レマ、サバクタニ／Eli, Eli, lema, sabachtani?」（わが神、わが神、なんぞ我を見棄てたま給ひし／My God, my God, why hast thou forsaken me?」［「マタイ伝」二七:四六］文語訳／欽定訳］）と重なり合って聞こえてくるからだ。これはイエスが「救世主」としてキリストになる直前の、まだ人間だった最後の時の、神に見棄てられる人としての苦衷を表した今際《いまわ》の際《きわ》の言葉として知られるが、またこの「エリ、エリ」と聞いて周囲にはイエスが旧約の預言者「エリヤ（Elijah）」の名を呼んでいたと聞き間違えた者がいたとも書かれているが（四七節）、ここではわれわれ読者もあらためて聞き間違えて「エリ、エリー、エライザ、エライザールイーザ、ライザールー」という連音《リエゾン》を聞き取ってもいいのではないか。むしろ撞着語法《オクシモロン》で「正しく聞き間違える」よう読者は求められているのではないか。テスはしかしここではイエスと違って苦衷を感じてはいない。むしろ逆で、今ここにいるのはテスとクレアの二人だけで、他には誰もいないし、いて欲しくもない、「でもライザ-ルーは別（except Liza-Lu）」と言って、ライザ-ルーには是非ともいてもらって「復活」を確信させてくれることを願いつつ想像しては安心・安堵、ホッとしている（311）。すでにこの直前の文でテスは祭壇石に仰向けに横たわりながら、「私の顔の上は空だけで他には何もない（...with nothing but the sky above my face)」とも言っていて（311）、それは単に目の前に大空が広がっていたというだけでなく、復活後「四十日」（使徒1：3）の、霊がそこに昇ってゆく「昇天」（Ascension）をこそ天空に見据えていたのだろう。（「復活」と「昇天」は常にいわばセットで語られるものでもあるからここでもそれを強調しているのだろう。）テスはまた三人とも死んで「霊」になったらクレアを、ライザ-ルーとテスとで「分け合い（share）」たいとも言っているが（311）、これも「霊」だからこそ、またテスとライザ-ルーが双面一体だからこそ出来ることだろう。

このテスの「復活」は実はライザ-ルーの本名「エライザ-ルイーザ（Eliza-Louisa）」という名前の成り立ちにすでに現れていた。これは二つの名前を短いハイフン《-》でつないだ複合名で（日本語訳では中黒《なかぐろ》／中点《なかてん》《・》と間違われやすいためか二重ハイフン《=》がよく使われるが、本稿では原文通り短いハイフンを使っている）、聖人名がよく使われ、フランス人に多いが、テスの家族名ダーバヴィル（d'Urberville）もフランス語由来なので違和感なく聞こえる。ライザ-ルーの後半の「ルー」の元の「ルイーザ」は「ルイーズ（Louise）」の異形で、男性名ルイス（フランス語ではルイ）（Louis）の女性形だが、ここで問題にすべきは、ルイーザ（Louisa）の語末の【-i:za】という音《おん》だろう。これはテスの本名の「テリーサ／テリーザ（Teresa）」（１４９）の語末【-i:za】と同じであり、この姉妹はそれぞれ語頭【te-】と【lu-】は違っていても、語末は同じになっているからだ。この関係は、先のクレアとアレックの、顔はそれぞれ違っても体は一つという「双面一体」とも重なって、ライザ-ルーもまた「ライザ」の面と「ルー」の面をハイフンでつないで「一体」となったヤヌスとして見えてくるし、またこの姉妹は同じ【-i:za】の音《おん》でつながっているのでルイーザとテリーザは部分的に重なって聞こえ、「エライザ-ルイーザ」とは「エライザ-テリーザ」とも聞こえて、ヤヌスのような双面一体の、先のクレアとアレックの一字違いのアナグラムと同様に、違うところもあれば同じところもある、二人で一人の、別言すればテスの「身代わり」としてもふさわしく、また死後「霊」となってクレアを共有《シェア》するにもちょうどいい、「復活」するテスを表す重層的な意味を持つ名前となってくる。ここでライザ-ルーがいかにテスと性格や容姿や純粋な点などが似ているかをテスがしきりに強調していたかを思い起こしてもいいだろう（３１１）。——「ライザ-ルー」とは、こうしてみると、テスの最期を描くには必要にして十分な条件を満たした、巧妙にして絶妙な名前と見えてはこないだろうか。（ちなみに作者が詩人でもあり、後年はむしろ散文より韻文に傾斜していったこともこうした解釈の補助線になるかもしれない。詩人は言葉の「音《おん》」にはより鋭敏で、その使い方にも長《た》けていたと考えられるから。）

今のライザ゠ルーの複合名といい、クレアとアレックのアナグラムといい、また三兄弟のカスバートと三博士のカスパールの音《おん》の響き合う名前といい、ハーディは登場人物《キャラクター》の名づけの仕方には相応の工夫を凝らしていて――後《のち》のジョイス的には「細心の注意」を払っていて――それぞれ果たすべき役割にふさわしい名前を与え、それに的確な意味のヴェールを幾重にもかけて性格《キャラクター》を豊かにふくらませながら、名前の点からも作品全体の意味を補強・補完、あるいは相乗化しているように見える。この名づけのみならず、作者は先のヤヌスの「顕現《レヴェレーション》」など、重要な、肝心要の核心についても直截《ちょくせつ》の表現は避け、これもヴェールをかけて――と言うよりヴェールを「剥《は》ぐ」(unveil)のがレヴェレーションの本来の意味だから、逆説的にヴェールをかけ、読み手の目をくらませて韜晦《とうかい》しながら、しかし誰にも気づかれないと元も子もないので、たとえばミルトンを仲介に立てて「二重のヤヌス」のように間接的にその名を明かすなどしてひそかに鍵《ヒント》は残しつつ、分かる者には分かるように、あるいは分からなければ、謎解きせよ、本稿で指摘したような埋め込まれたヒントを元にヴェールを剥いでみよ、しかもヴェールは一枚、二枚ではないぞと、挑発するかのようでもある。それは小説作法《さくほう》上の戦略の一環だったのか、「秘すれば花」の美学か、含羞《がんしゅう》か——。いずれにせよ明快な表現は回避され、覆い隠されているので、読み手も細心に隠された鍵を手がかりに、一枚一枚ヴェールを剥ぐようにして、より深い意味を探ってゆくほかはない。

＊

少し前に触れた「羊飼い」がイエスの「喩え《パラブル》」であることに関して、「ヨハネ伝」はさらにイエスの次の言葉を伝えている。「まことに誠《まこと》に汝《なんぢ》らに告ぐ、我は羊の門なり」（10：7）、「我は門なり、おほよそ我によりて入《い》る者は救はれ、かつ出入《でいり》をなし、草を得《う》べし」（10：9）とも言ってイエスは自身を「羊」のみならず「門《ドア》」にも喩えている（文語訳、「ドア」のフリガナは欽定訳による）。奇しくも、と言うべきか、都合よすぎる我田引水と言われて然るべきか、キリストとヤヌスが重なり合う契機がここに見られるかもしれない。最終章でテスの「身代わり」のライザ-ルーがクレアと共に登場するとき、「西の門（western gate）」や「閂《かんぬき》の掛かった小門（barred wicket）」を通り抜け——ちょうど第二章でテスが初めて物語に登場するときも「小門（wicket gate）」（7）を通り、クレアも「門を開けて」（9）テスと出会っていたように、——またクレアとライザ-ルーがそこを退場するときも今の「小門」を通り抜け、太陽の光の下を歩いていたと繰り返し書かれているのも（313—14）、テスが最初から最後まで、常に門神でもあれば太陽神でもあるヤヌスの影の下を歩いていたことをさりげなく、しかし最後に念を押すように強調していたようにも見える。『テス』を読み解くにはやはりヤヌスを鍵にして見てゆく必要があるのではないか、またそうすることで『テス』の核心に近づくことが出来るのではないか、そう思える。

＊

最後にもう一点、作者は最後に、古代ギリシアの悲劇詩人アイスキュロスの『縛られたプロメテウス』から次を引用している。『『正義』が行われ、そして（アイスキュロス的な句《フレーズ》で言えば）〈神々の司〉はテスに対する戯れを終えた。」――「正義（Justice）」とはテスがアレック殺害の罪で処刑されたことを言っているのだろうが、「神々の司（President of the Immortals）」のフレーズは、多くの注釈の指摘するとおり『縛られたプロメテウス』第一六九行からの引用で、それは直接的にはギリシア神話の最高神ゼウスを指すと考えられるが、しかしその意味するところは必ずしも単純ではない。ここはプロメテウスが、自分の意に染まぬ者を恣意的に処罰するゼウスの傲岸不遜な横暴非道ぶりを非難する文脈で使われており、テスへの裁きもそれに類するものであると言っているかに見える。冒頭に登場するゼウスの手先の「権力《クラトス》」と「暴力《ビアー》」という擬人化された神格がプロメテウスを岩山に縛り付け、冥界の地獄タルタロスに落としたように、テスの処刑も、たとえ理不尽でも法に基づく「権力」と「暴力」によるものであったと重ね合わせているようでもある。またこの『縛られたプロメテウス』には、プロメテウスを主役とする主筋だけでなく、少女イオを中心とする脇筋も同時並行して描かれており、そこではイオに対するゼウスの性的欲望がモティーフになっているので、「テスに対する戯れ（sport）」とは、プロメテウスに対するのみならず、むしろこちらの方にこそふさわしい表現に思えてくる。（「スポーツ」の語は多義的でかつては「恋の戯れ／情事」の意もあったことはシェイクスピア『オセロ』［2.1.230］などで知られるが今はその意味では廃語［*OED*］。）そうすると「神々の司」のフレーズも、より悪質度の高い、第七三六行の「神々の僭主（tyrant）」の婉曲的な、表面を繕っただけの、あるいはまた韜晦するかのような言い換えのようにも見えてくる。イオはゼウスの正妻ヘラに仕える美しい巫女だが、好色なゼウスの目を惹き、ヘラの嫉妬を恐れたゼウスによって牝牛《めうし》に変身させられ、全身に夥しい眼を持つ怪物アルゴスに見張られたり（六七七行）、ヘラが送った虻《あぶ》に刺されながら追い立てられて苦難の旅を続け、後に「牝牛の渡海」の伝説が生まれるボスポラス海峡を渡り（七三六行）、また後にその名を負う「イオニア海」を渡ってカウカソスの岩山で縛られたプロメテウスに出会い、後の自分の運命を知らされ、エジプトにたどり着くまで漂泊の旅を続け（八四〇行）、伝説ではその後その地でゼウスに愛されて子どもを生んだと伝えられており、このイオに、有為転変の人生を送るテスを重ね合わせていたのだろう（詳細は本論第五章参照、ちなみに「アルゴス」はミルトンの『失楽園』でも「二重のヤヌス」の「炯々《けいけい》と光るアルゴスより夥しい眼）」［八―一二九―一一三一］として言及されていた。）

主筋のプロメテウスの神話では、ゼウスが彼を罰したのは天上の神々の専有物だった「火」を盗み出して人間に与えたためと、もう一点、結ばれれば将来ゼウスから「神々の司」の地位を奪う息子を生むことになる女神の名前、すなわち「テティス」(後に人間と結婚してトロイア戦争最大の英雄アキレウスを生む)をいくら問い詰めても決して明かそうとしないためだった。(そしてこの後者のエピソードから古代ローマのウェルギリウスの『アエネイス』の物語が始まり、それが『テス』のプロットの基本的な骨格となっていることは本論序章および「あとがき」で触れたとおり。)

主筋でも脇筋でも、それぞれの主役の運命を司っているのは「神々の司」もしくは「神々の僭主」たるギリシア神話のゼウスで、後のローマ神話ではユピテル(Jupiter)だが、『テス』の前年に出版されてハーディも熱心に読んでいたと言われる社会人類学者J・G・フレイザーの『金枝篇』(一八九〇)によれば、ユピテルはローマの南のネミの湖畔ではヤヌスと同一視されていた(簡約版第一六章)。『金枝篇』は二〇世紀に入って詩人T・S・エリオットが『荒地』(一九二二)を書く際に多大な影響を受けていたことが知られるが、ハーディはすでに出版直後に読み、熟読して少なからぬ影響を受けていた。フレイザーの言うとおりゼウスとヤヌスが同一視され、《神々の司＝ゼウス＝ユピテル＝ヤヌス》の関係が成り立つなら、『テス』の最後の「神々の司」にはゼウスのみならずヤヌスの姿を見ることもできるわけだし(詳細は本論序章(3)参照)、むしろゼウスは、先の比喩で言えばヴェールの掛かったヤヌスの表向きの姿であり、ヴェールを剥いで奥のヤヌスを見るように、さらにはゼウスとヤヌスこそが表裏あるいは左右を向いた双面のヤヌスそのものとも言え、そしてそのヤヌスを鍵にして改めてテスの物語を捉え直すようにとの作品最後のメッセージとも読めてくる。先のストーンヘンジで「十六人」の警官に四人の「二重のヤヌス」が読めたのと同様だろう。また今の「神々の司」が表向きの顔で、「神々の僭主」という裏の実体を隠すための仮面だったのとも同様で、双面会わせてヤヌスだったのであり、いずれもずいぶん手の込んだ、回りくどい、迂遠なプロセスを経るようにとのメッセージだが、これもそう簡単には「手の内」は明かさない、先の「秘すれば花」に続く下の句「秘せずば花なるべからず」の世阿弥の美学にも通ずる戦略を実践していたかのようでもある。あえてゼウスというヴェールで覆い隠すことで、そこに秘めた「花」たるヤヌスを顕現させようとの搦め手《からて》からの高等戦術とも言えるだろう。われわれ読み手もあえてこの戦術に乗せられて、と言うより積極的に乗って、「神々の司」にヤヌスの密かな顕現を見てもいいのではないか。テクスト上にはっきりとは見えないものを、細部を吟味してあえて見ようというのだから、牽強付会との誹《そし》りもあるかもしれないが、「読む」あるいは「解釈する」とは畢竟そうした営為ではないかと、あらためて思う。

＊＊＊

本書が書かれるに至った経緯については本論の「あとがき」に書いたとおりで、出版から二〇年以上がたつ現在、あらためて読み直してみて、細かな点では気になるところもあるにはあったが、全体的に書き改めることはせず、不足を感じたところや、新たに気づいたことや考えたことなどを補うこととした。とはいえそうした補遺的な部分もかなりの分量になり、この「電子版に寄せて」の小文も、もはや「小文」とは言えないほどの長さになり、「ヤヌスは顕現する」などと表題を付けるほどになってしまったが、本書の主旨をより充実させ、refine するにはやむを得なかったと思っている。ご海容願いたい。

巻頭に記したヤヌスの属性については少し加筆した。また日本では馴染みの薄いローマ神話の門神ヤヌスの、その一身にして双面を持つ他に類を見ない、また実際にはいるはずもない独特な容貌は、やはり図像があった方が想像しやすいと思い、表紙にふさわしい絵をさがしたものの、なかなか適当なのが見つからず、いろいろ探して、インターネットで老人と若者の組み合わせらしい無彩色の線描画が提供されていたので、それを拝借した。ヤヌスの双面は左右同一とも、それぞれ別とも言われているが、この絵は後者で、左面は髭を生やして老人らしく、右面は溌剌として若者らしい。「眼」は両者とも似ているが、よく見ると老人はやや垂れ目気味で、上目蓋も少し垂れ下がり、単に前方に向けているだけなのに、若者はいかにも若々しく、前方をやや上に向けて将来を見据えているかに見える。

「眼」が心のありようを表すなら、違う点もあれば同じ点もあるこの双面神の図像は、クレアとアレックを「双面一体」と見立てる本書の主旨にも通じているように思えてくる。とはいえ、いささか比喩的に言えば、ヤヌスは神様であるため作中では一度も姿は見せず、本当の姿は「顕現」を待たねばならず、それは読み手の想像力でテクストを通じて見る他はないので、似非《えせ》的な容貌をご覧に入れるのはかえって先入見の元ともなりかねず、ためらわれもしたのだが、これがそうした似て非なる図像であることを承知の上で、人の多面性を表す古来伝わるその本質的な部分を見て参考にしていただければと思う。

ちなみにハーディについて私は、この本の後、初期の長編『エセルバータの手』（一八七六）について「エセルバータの身体論——心身の分離と合一をめぐって」という小論を書いている（『トマス・ハーディ全貌——日本トマス・ハーディ協会創立五〇周年記念論集』、東京：音羽書房鶴見書店、二〇〇七年所収）。拙論はハーディ協会の藤田繁・金沢大学名誉教授のご推挽によるものだった。遅ればせながら記して感謝申し上げる。こちらも併せてお読みいただければ幸いである。

本書は出版後しばらくのあいだは、たとえば英語英米文学の専門誌『英語青年』（二〇〇一年五月号、東京：研究社）に、日本トマス・ハーディ協会会長の鮎澤乗光・東京女子大学教授（当時）の書評が出るなど、それなりに反響はあったものの、その後は鳴かず飛ばず、竜頭蛇尾、しばらくすると絶版になってしまった。

そんなわけで、このたび「株式会社22世紀アート」から電子書籍化の申し出があったとき、何を今更と思いながらも、あらためてパラパラと拾い読みをして、自分の解釈も満更棄てたものでもないなと、図々しい自画自賛ぶりに我ながら呆れつつも思い直し、ありがたく申し出に応じた。この機会を与えてくださった同社社長・向田翔一氏、および担当された出版管理部・石渡華氏、制作部・高橋暢朗氏に感謝申し上げる。（二〇二四年一月）

著者紹介

安達　秀夫（あだち　ひでお）
1947（昭和22）年12月、東京都生まれ。
中央大学文学部文学科英文学専攻卒業、同大学院文学研究科修士課程英文学専攻修了。元立正大学文学部教授。

著書

『「ダーバヴィル家のテス」とヤヌスの神話』、文化書房博文社、二〇〇一年（単著／本書）。（以下は「分担」もしくは「項目」執筆）

『英米文学と言語』、ビビュロス研究会編、ホメロス社、一九九〇年。『異文化の諸相』、日本英語文化学会編、朝日出版社、一九九九年。『読み解かれる異文化』、中央英米文学会編、松柏社、一九九九年。『都市論の現在』、立正大学人文科学研究所編、文化書房博文社、二〇〇六年。『村上春樹 作品研究事典（増補版）』、村上春樹研究会編、鼎書房、二〇〇七年。『トマス・ハーディ全貌――日本ハーディ協会創立五〇周年記念論集』、日本ハーディ協会編、音羽書房鶴見書店、二〇〇七年。『フォークナー事典』、日本ウイリアム・フォークナー協会編、松柏社、二〇〇八年。『新たな異文化解釈』、中央英米文学会編、松柏社、二〇一三年。『文化学の境域』、中央英米文学会編、七月堂、二〇二〇年。その他、フォークナー、ヘミングウェイ、サリンジャー関係論文。

翻訳

レナード・ファインバーグ著『ユーモアの秘密』、共訳、文化書房博文社、一九九六年。

『ダーバヴィル家のテス』とヤヌスの神話
双極のドラマトゥルギーの謎を解く

2024年 8 月31日　初版第1刷発行
2024年10月31日　初版第2刷発行

著　者　**安達秀夫**
発行者　**向田翔一**

発行所　株式会社22世紀アート
〒103-0007
東京都中央区日本橋浜町 3-23-1-5F
電話　03-5941-9774
Email: info@22art.net　ホームページ：www.22art.net

発売元　株式会社日興企画
〒104-0032
東京都中央区八丁堀 4-11-10 第2SS ビル 6F
電話　03-6262-8127
Email: support@nikko-kikaku.com
ホームページ：https://nikko-kikaku.com/

印刷
製本　株式会社 PUBFUN

ISBN：978-4-88877-310-2